LE SONGE D'ENFER

SUIVI DE

LA VOIE DE PARADIS

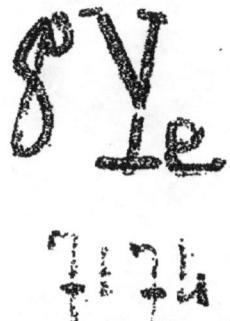

RAOUL DE HOUDENC

Le Songe d'Enfer

SUIVI DE

La Voie de Paradis

POÈMES DU XIIIᵉ SIÈCLE
PRÉCÉDÉS D'UNE NOTICE HISTORIQUE ET CRITIQUE
ET SUIVIS DE NOTES BIBLIOGRAPHIQUES
ET D'ÉCLAIRCISSEMENTS

PAR

PHILÉAS LEBESGUE

PARIS

BIBLIOTHÈQUE INTERNATIONALE D'ÉDITION

E. SANSOT & Cⁱᵉ

7, RUE DE L'ÉPERON, 7

MCMVIII

AVANT-PROPOS

AVANT-PROPOS

Nous n'avions d'abord conçu le dessein que de traduire, commenter et publier le Songe d'Enfer, que son caractère satirique et incisif permet encore aujourd'hui de lire sans trop d'ennui, et qui vaut d'être divulgué.

Mais nous nous sommes aperçu bien vite, — et c'est à la Divine Comédie du Dante que revient le mérite d'avoir redressé notre erreur — que le Songe d'Enfer trouve son complément logique et son explication dans la Voye de Paradis, dont un commentateur plus ingénieux qu'impartial et clairvoyant tenta naguère d'enlever la paternité à notre trouvère (1).

Puis nous avons relu la troisième partie de la trilogie, c'est-à-dire le Roman des Eles, et le Méraugis de Portzlesguez, à qui les trois autres poèmes ne servent que de commentaire spirituel, et nos perspectives se sont agrandies tout à coup. Alors nous avons décidé d'amplifier aussi notre labeur par des considérations particulières sur les origines et la qualité probables de Raoul de Houdenc, sur la signification de son œuvre intégrale, sur son rôle à la fois littéraire et politique, sur l'âme et l'esprit du Moyen Age.

A cela nous incitaient certains rapprochements à établir entre les crises du présent et les conjonctures du passé, à cette époque mystérieuse

(1) *Ueber Raoul de Houdenc und seine Werke* von Wolfram Zingerle ; Erlangen, in-8, 44 pages, 1881.
Cf. *Romania* (XXVII, 318), art. de Friedwagner, éditeur de *Méraugis*.

entre toutes où l'Eglise menacée arma les barons du Nord pour étouffer l'Albigéisme.

Nous apporterons moins d'affirmations que d'inductions, de savoir précis que d'esprit critique; nous avons tenté de restituer les traits d'une figure aux trois quarts ensévelie sous la cendre et qui fut peut-être plus haute qu'elle n'a laissé croire. Cette figure nous intéressa ; nous l'aimâmes, un peu pour son mystère et beaucoup pour sa force.

Puisse notre humble travail en avoir bénéficié.

PHILÉAS LEBESGUE.

RAOUL DE HOUDENC

ET SON ÉPOQUE

RAOUL DE HOUDENC

ET SON ÉPOQUE

(1180-1230).

ESSAI D'INTERPRÉTATION

I

Rien n'a été plus discuté, rien ne reste plus discutable que les origines, l'existence et la personnalité de Raoul de Houdenc, rival de Chrestien de Troyes, précurseur de Rutebeuf et fervent adepte des doctrines de saint Bernard. C'est qu'il ne fût guère prodigue de renseignements sur lui-même, et, d'ailleurs, un mystère analogue entoure la plupart des trouvères ses contemporains.

Certes, les poètes ne se taisent généralement pas sans motif, et le *Songe d'Enfer* témoigne d'une assez violente passion contre les popelicans de tout ordre, pour que l'on soit tenté de rapporter tout de suite le silence du trouvère en ce qui le concerne à des raisons politiques. Mais ici les éléménts de saine appréciation font défaut. Tant que l'on n'aura pas réussi à reconstituer l'entourage et la cour littéraire de Philippe de Dreux, le bouillant évêque de Beauvais, ennemi personnel des Plantagenets, tant que l'on n'aura pas tiré au clair les rapports de la Maison de France avec l'ordre de Citeaux, qui possédait en Beauvaisis des abbayes célèbres à côté des couvents bénédictins, on en sera réduit aux conjectures. Peut-être ne faudrait-il voir dans l'appellation Raoul de Houdenc qu'un pseudonyme, celui d'un moine, d'un prêtre ou d'un clerc quelconque, épris de jouer son rôle dans la grande croisade entreprise par l'orthodoxie contre les hérétiques plus ou moins dissimulés sous les oripeaux du Gay Sçavoir et de la Chevalerie libre. Nous ne tenons de lui que cette simple assertion incluse à la *Voye de Paradis* :

« Dame, je suis de Picardie » (vers 629);

mais cela est bien sujet à caution, si l'on songe au caractère nettement allégorique de tout le poème et que la Picardie était le rempart de l'orthodoxie, comme le Poitou et le Limousin demeuraient celui de l'hérésie. (Lisez de la résistance au principe d'autorité).

N'empêche que nos préférences vont aisément à ce qu'il soit picard, et même plutôt brayon beauvaisin, à cause du tour d'esprit qui lui est propre et de son dialecte, que ne semblent guère avoir influencé les parlers du Nord. Il serait plus facile, certes, d'y découvrir des formes beauvaisines d'expression que de véritables picardismes (1). Au reste, le trouvère témoigne lui-même avoir beaucoup voyagé :

(1) Cf. *Romania* (XXVII, 318). La langue de Raoul étant du plus pur dialecte de l'Ile de France, M. Friedwagner ne croit pas pouvoir admettre que

« Je viens de Sassoigne
Et de Champaigne et de Bourgoigne,
De Lombardie et d'Engleterre ;
Bien ai cerchié toute terre. »

(Songe d'Enfer, vers 413-416).

A moins que ces voyages ne soient également fictifs et ne fassent partie du rôle que désirait jouer le supposé ménestrel. Ce qui nous porte à cette réflexion, c'est précisément l'examen de l'allégorique satire connue sous le nom de *Renart teint en jaune*, et qui n'est pas l'une des branches les moins curieuses du *Renart* français. Renart, on ne l'ignore pas, symbolise le clerc rusé, fertile en embûches de toute espèce, comme Yssengrin, le loup, représente le seigneur féodal, comme Chantecler, le coq, désigne tout spécialement les troubadours et ménestrels. Donc Renart imagina un jour de se travestir en jongleur et, pour que cela ait pu inspirer la satire qui nous est parvenue, il faut bien que tout n'y soit pas de pure imagination, mais que des événements précis aient pu en fournir le prétexte. Admirablement déguisé sous ce manteau jaune, qui vient de lui être fourni en tombant dans la cuve d'un teinturier, Renart s'acquitte allègrement de son rôle de jongleur. Considéré comme mort par sa femme, celle-ci se prépare à célébrer ses nouvelles noces avec Poucet, jeune et beau goupil, à qui elle a voué depuis longtemps sa tendresse.

le trouvère ait pu être picard, ni même beauvaisin. Il le considérerait volontiers comme étant de Houdan (S.-et-O.). La langue du XIII° siècle en Beauvaisis, affirme-t-il, était plus chargée de picardismes qu'aujourd'hui. M. Friedwagner est-il jamais venu en Beauvaisis

Le pseudo-jongleur est invité par elle à la cérémonie et n'en est ainsi que mieux à même de se venger de son rival.

Cette fable adroite n'est-elle point significative ? Ne dénonce-t-elle point le mouvement tournant si savamment opéré par l'Orthodoxie catholique pour ramener dans son sein les dissidents ou les mieux détruire ? Pareil mouvement, au reste, ne fut pas nécessairement papiste en ses premières manifestations. Nous sommes à l'époque où allait surgir l'*Imitation de Jésus*, qu'on dit avoir été composée par un Cathare; nous sommes au temps de St-François d'Assise, et nombreuses furent les âmes soucieuses de perfection évangélique, à qui le scandale d'une certaine dépravation chez les clercs inspirait de l'éloignemeɴᴛ.

Cathare, au sens profond du terme, l'auteur de *Méraugis*, de *Portzlesguez*, paraît bien l'avoir été, puisqu'il emprunta pour s'exprimer la formule ésotérique de la Table Ronde et de l'amour chevaleresque chers à la secte hérétique ; mais ne l'aurait-il été qu'à la façon d'un Avellaneda inventant au *Don Quichotte* de Cervantès une fin orthodoxe ? Méditons un peu sur ces profondes conspirations de l'Idée, qui ont toujours fait la puissance des véritables manieurs d'événements, et songeons en même temps que le XIIIᵉ siècle vit s'accomplir ce geste considérable, par lequel le Catholicisme unitaire se dessaisit des clefs spirituelles de la doctrine, pour s'attacher à la réalité du pouvoir temporel, sous toutes ses formes.

Pour réaliser cet abandon, il lui fallut donner le change à tous ceux qu'exaltait le souci de la perfection mystique ; il lui fallut capter la Chevalerie, mais d'abord ceux qui détenaient l'opinion publique du temps, les trouvères et les ménestrels de tout ordre. Nombre de clercs, à cette époque, se mirent à retravailler les chansons de geste ; mais cela ne dut point suffire ; le goût allait ailleurs, et puis le stratagème était trop dénué d'artifice.

Il fallait trouver la formule concrète du Catharisme littéraire et chevaleresque allié à l'orthodoxie. Raoul de Houdenc, quel que puisse être le personnage caché sous ce nom, devait la fournir, et c'est ce que nous montrerons tout à l'heure.

On ne sait donc rien ou à peu près de l'ingénieux trouvère. Vainement on a cherché à découvrir dans son œuvre, par certains côtés mal authentifiée (comme en ce qui concerne le poème intitulé la *Vengeance de Raguidel*) (1), de quoi étayer des probabilités sur son origine. Nous avons insinué plus haut que les deux ou trois paroles, qui paraissaient lui avoir échappé touchant sa province natale et son séjour à l'étranger,

(1) M. Zingerlé, par l'étude du langage, croit que le *Songe de Paradis* serait une imitation du *Songer d'Enfe* par un autre auteur. La *Vengeance de Raguidel* serait également d'un autre Raoul (*Romania*, X, 319).

Cf. *Raoul de Houdenc : Eine stilis æ Untersuchung ueber seine Werke und seine Identæt, mit dem Verfasser des « Messire Gauvain »*, von Otto Bœrner. Leipzig. Fock, 1885. M. Bœrner, par l'étude du style, conclut que le Raoul, auteur de *Messire Gauvain*, et Raoul de Houdenc sont deux personnages différents.

Au contraire, M. Kaluza (*Ueber den Anteil des Raoul de Houdenc an der Verfasserschaft der « Vengeance de Raguidel »*) pense que la *Vengeance de Raguidel* n'est entièrement du Raoul, qui se nomme aux vers 3352 et 6170, qu'à partir du vers 2700 environ et que la première partie serait le remaniement d'un ancien poème. D'accord avec M. Paul Meyer, il ne croit pas douteux que ce Raoul soit Raoul de Houdenc.

C'est l'opinion de Zenker et Frémond ; ce n'est pas celle de Zingerlé et Bœrner, ni celle de Gaston Paris. Ce dernier cependant paraît disposé finalement (*Romania*, XXIX, 117) à se ranger aux arguments de MM Kaluza et Paul Meyer.

pouvaient bien elles-mêmes n'être qu'une fiction. Nous aimerions, toutefois, pouvoir ne pas les révoquer en doute, sauf à en tirer argument. Nous croyons volontiers qu'une réalité sensible s'attache à l'appellation choisie par le trouvère de Houdenc, et nous ne sommes pas éloigné de penser que le village de Hodenc en Bray, d'où furent également originaires Pierre-le-Chantre et, plusieurs siècles plus tard, le célèbre humoriste Guy Patin, reste fondé à revendiquer la gloire d'avoir donné le jour à Raoul (1).

Même en prenant au sérieux l'assertion du *Songe de Paradis* où se sont butés tant de commentateurs: « *Dame, je suis de Picardie* », l'accident ne devient pas invraisemblable ; car les limites du pays picard furent toujours très flottantes de ce côté, au témoignage des contemporains eux-mêmes, tel Bartholomæus Anglicus, et si Beauvais resta, depuis Louis le Gros, féale à la royauté, sous l'abri de ses franchises, il ne faut pas oublier que le Beauvaisis a parlé de tout temps un dialecte picard plus ou moins influencé aux confins par les idiomes de l'ouest et du sud. Nonobstant, quelque chose d'irrésistible, et que la Picardie proprement dite repoussa longtemps, entraîna vite les lettrés beauvaisins dans l'orbe de Paris. Ils aimèrent revendiquer de bonne heure le titre de Français, et cela aussi, si l'on envisage le soin que met Raoul à expurger son langage de tous provincialismes trop criants, constituerait une présomption non négligeable en faveur de son origine beauvaisine et brayonne.

Un des nombreux chercheurs à qui l'on doit d'avoir minutieusement scruté tout ce qui se rattache à l'existence pro-

(1) C'est l'opinion de M. Paul Meyer.

bable de Raoul, M. Lucien Vuilhorgne, dans une monographie fort détaillée quoique dépourvue de nettes conclusions, incline à penser que l'auteur du *Songe de Paradis* aurait pu être le maître de grammaire du célèbre Hélinand de Pronleroy, moine de Froidmont. Nous serions assez disposé pour notre part à accepter les raisons du sagace érudit. C'est que Raoul, notamment au cours du *Songe de Paradis* où il s'attarde pendant près de neuf cents vers à dépeindre les merveilles célestes, se manifeste l'adepte passionné de la doctrine cistercienne, comme, d'ailleurs, l'évêque de Beauvais lui-même à cette date. Or, Hélinand, nonobstant son talent élevé de satirique mordant, fut également à Froidmont un fervent disciple de saint Bernard. Il est vrai que le Raoul, *maître de Grammaire* d'Hélinand, est appelé « anglais de nation ». Ce pourrait signifier qu'il était normand, voire brayon. A ce propos et fort justement, M. Vuilhorgne invoque, en faveur de sa thèse, l'exemple de Scipion dit l'Africain, de l'historien Mathieu dit Paris, du théologien Barthélemy l'Anglais, lequel prit naissance, non pas en Angleterre comme son surnom paraîtrait l'indiquer, mais bien dans l'Ile de France. Raoul de Houdenc, si l'on doit prendre au sérieux les vers connus du *Songe d'Enfer* : *Je viens de Sassoigne, de Lombardie et d'Angleterre*, aurait lui aussi vécu et séjourné au pays d'Albion, ce qui justifierait l'assertion du chroniqueur.

Ce séjour n'aurait rien, d'ailleurs, que de fort vraisemblable, si l'on considère les rapports nombreux qui unissaient à cette époque l'Angleterre et la France, et les échanges de prébendes ou bénéfices qui se pratiquaient couramment de part et d'autre du détroit. Mais encore une fois les preuves manquent.

Où nous nous séparons absolument de M. Vuilhorgne et de quelques autres, notamment de M. Michelant à qui l'on doit la publication de *Méraugis*, c'est quand ils s'appuient à la fois sur le *Songe d'Enfer* et sur les prescriptions de générosité du *Roman des Eles* pour faire de Raoul un pauvre jongleur errant, ami des grands festins et des jeux de hasard. L'exemple de Rutebœuf semble avoir entraîné ici les commentateurs à des assimilations un peu forcées.

Il est exact que notre Raoul insiste tout spécialement sur la vertu capitale de munificence. Qu'est la gloire des beaux exploits, si le chevalier n'y joint largesse et libéralité ?

Chacune des deux ailes qui doivent guider le chevalier vers la perfection, et qui sont *Largesse* à droite, *Courtoisie* à gauche, porte sept *pennes* :

> Largesce doit estre la destre
> Et la senestre Courtoisie,
> Si doit chascune estre fournie,
> Il covient, au droit esgarder,
> K'en chascune, por miús voler,
> Ait VII pennes.

Du côté de *Largesse* les sept *pennes* se suivent de cette sorte : hardiesse à donner, désintéressement sans calcul, générosité sans enquête ni attente de reconnaissance, libéralité prompte et sans vaines promesses, plaisir de donner sans tarder, prodigalité dans les festins.

Du côté de Courtoisie les sept autres *pennes* s'assemblent ainsi : honorer l'Eglise, repousser l'orgueil, éviter la vantardise, aimer toutes les femmes en une seule, chasser l'envie, soigner son langage et ses actes, être sincère et patient en amour.

Il n'est guère en ce poème fait allusion aux jongleurs et ménestrels de bas étage que pour en médire, notamment aux vers qui signalent la sixième *penne* de Courtoisie.

« . . . . . n'est pas honors,
Quant il copie as leschéors.
Ce me desplaist ; ce n'est pas bon,
Quant par bordeus perdent lor non
Et cil, qui font cel gieu parti,
Ce sont chevalier mi-parti ;
Quar il sont chevalier nomé
Demi, et leschéor clamé,
Por ce que leschéor se font :
Si l'cuident estre ; mais non sont,

. . . .

Et s'il avenoit que fortune,
Qui contre raison met rancune,
Féist qu'uns chevaliers fust tiex
Que chevaliers et ménestrex,
Or en soit or au dire voir
Quel escu il devroit avoir.
Quel escu ? C'est legier à dire.

. . . .

C'est li escus au .II. envers
Qui est portrait de lescherie. »

Est-ce assez significatif et peut-on continuer plus longtemps d'assimiler Raoul à ceux qu'il méprise si fort ?

Il n'est guère plus tendre, encore que plus réservé, en son début de *Méraugis* :

> « Qui de rimoier s'entremet,
> Et son cueur et s'entente met,
> Ne vault noient quanques il conte,
> S'il ne met s'estud. en tel conte,
> Qui touzjours soit bon à retraire ;
> Car joie est de bon œvre faire,
> De matire qui touzjours dure.
> C'est des bons contes l'aventure
> De conter à bon contéour ;
> Cil autre qui sont riméour
> De servanteis, sachiez que font ;
> Noient dient, car noient n'ont.
> Leur estude et leur motz qu'il dient
> Contredisent, noient ne dient
> Point de leur sens, ainz sont de ceus
> Qui tout boivent leur sens par eus. »

Ici, c'est aux troubadours qu'il jette particulièrement le blâme, et cela se conçoit aisément chez quelqu'un qui place le Bon au dessus du Beau. Tout le *Méraugis*, et nous y reviendrons plus longuement tout à l'heure, éploie en effet ce leit-motiv platonicien (1).

Quant à la vertu de largesse imposée aux chevaliers, et au mérite qui s'attache à la distribution des bons repas, croit-on que les moines de tout acabit ne fussent pas aussi capables d'en profiter que les jongleurs errants et minables ménestrels ?

---

(1) Au reste, les troubadours étaient affiliés à l'hérésie.

L'Eglise n'a-t-elle pas assez souvent prêché libéralité en sa faveur, et le code de chevalerie rédigé par Raoul ne témoignerait-il pas une fois de plus de cette qualité de clerc qu'il nous paraît vraisemblable, à un examen sérieux, d'attribuer au conteur de *Méraugis*.

Il serait inconvenant toutefois et surtout peu scientifique de rien affirmer. Comme il est impossible de considérer comme démontré que Raoul ait été le maître de grammaire d'Hélinand (1), ou l'ami de Philippe de Dreux, rien ne s'oppose à ce qu'il ait porté le casque et l'épée tout aussi bien que le froc. Et peut-être a-t-il, comme Huon de Méry, dépouillé les uns pour endosser l'autre. L'auteur du *Tournoiement de l'Antechrist*, qui propagea les mêmes doctrines et qui s'intitulait trouvère, condition qu'il met bien au-dessus également de celle de jongleur, était chevalier.

Huon de Méry déclare s'enrôler sous la bannière de Raoul de Houdenc, et c'est ainsi qu'il est amené, sur la fin de son poème, à nous fournir quelques renseignements sur le personnage qui nous occupe :

« Moult mis grant force à eschever
Les dits Raoul et Chrestien
Qu'onques bouche de chrestien
Ne dit si bien comme ils faisoient ;
Car, quant ils dirent, ils prenoient
Le bon françois trestout à plain,
Si comme il leur venoit en main ;
Si, qu'ils n'ont rien de bien guerpy
Si j'y trouvai aucun espy

(1) M. Friedwagner combat formellement cette opinion, *Romania*, XXVII, 318.

> Après la main aux mestiviers
> Je l'ai glané moult volentiers. »

Grâce à cela, le *Tournoicment de l'Antéchrist* ayant vu le jour vers 1232, nous pouvons dater approximativement la mort de Raoul, dont Huon de Méry parle au passé.

Çà et là, dans la suite du récit, il est reparlé de Raoul, comme aussi de Chrestien de Troyes, les deux maîtres préférés d'Huon.

Faisant allusion aux repas saugrenus du *Songe d'Enfer*, l'auteur du *Tournoiement* énonce :

> « Toz les mes Raoul de Houdenc
> Êumes sans faire riot (*querelle*),
> Fors tant qu'un entremez i ot
> De péchiés faiz contre nature. »

Ailleurs il se réfère au roman des *Eles de Courtoisie :*

> « Cortoisie et Proesce vint ;
> Escut ot, qui bien li avint,
>
> . . . .
>
> Nus ne poroit a droit descrire
> Son heaume ; car il est trop biaus,
> Dames ot .I. blanc columbiaus,
> Qui de Cortoisie et .II. eles,
> Où ot autant pennes très beles
> Com Raouls de Houdenc en conte
> Qui des .II. eles fist un conte. »

Il semble qu'Huon ait bien su et connu ce qu'était Raoul. Nonobstant, il omet, volontairement ou non, de rappeler de lui autre chose que les détails de ses poèmes. Les vers qui suivent ont trait au *Songe d'Enfer* :

    « Le soleil qui d'eure ne ment

    . . . .

    ..... de vers midi se torna,
    Quant de tornoier s'atorna
    Abstinence contre Guersai : (*défi d'ivrogne*).
    Ne jousta pas par tel essai
    Com Raouls de Houdenc jousta ;
    Car Raouls à lui s'ajousta
    Et escremi et fust vencus ».

Quoi qu'il en soit, l'état d'esprit et les convictions du disciple ne font que corroborer la signification nettement pamphlétaire des écrits du maître.

A cela sans doute, plus qu'à son mérite propre de poète, Raoul de Houdenc dut le haut renom dont il paraît avoir joui durant son siècle. Ce fut certes un fin lettré, un styliste épris de son art selon les moyens et le goût du temps, un novateur même, et nous prétendons l'établir ; mais surtout un moraliste.

Prosper Tarbé, à qui l'on doit d'avoir publié le *Tournoiement de l'Antéchrist*, semble avoir deviné, dans sa préface, sous l'empire de quelles préoccupations politico-religieuses travailla et chanta notre trouvère ; nous avons pensé, pour notre part que le secret de cette personnalité mystérieuse résidait peut-être également dans le mobile où elle puisa le prétexte de chanter et versifier. Quant à la nationalité précise à laquelle appartint le poète, tels commentateurs, M. Dinaux par exemple, sont allés jusqu'à la prétendre wallonne et belge (1).

Pour M. Schéler, un savant belge à qui l'on doit la meilleure leçon du *Roman des Eles*, du *Songe d'Enfer*, et de la *Voye de Paradis* avec d'excellentes notices, Raoul est picard à son propre témoignage. Là-dessus M. Michelant n'émet également aucun doute et tout récemment, dans une étude présentée à l'Académie d'Amiens, M. Emile Delignières prétendait avoir retrouvé les preuves irréfutables de la présence de Raoul à Hodenc-en-Vimeu.

(1) Toute l'argumentation de M. Dinaux repose sur ces deux vers d'Huon de Méry :

« Après la main aux Hennuyers

(habitants du Hainaut)

Je l'ai glané mult volentiers ».

Mais Hennuyers est ici pour mestiviers (moissonneurs), et la variante *hennuyers* fut introduite erronément pour la première fois par Etienne Pasquier dans ses Recherches de la France, en 1617, au cours d'une citation.

M. Dinaux a vu également dans les vers suivants du Songe d'Enfer :

« Jehans boçus et artisiens.

Hermers, Girars li fardoillez » (v. 190, 191)

une allusion au poète artésien Jehan le bossu.

« La chronologie d'abord s'y oppose formellement », dit M. Vuilhorgne.

Ailleurs le critique valenciennois commente les deux vers du Songe de Paradis où, pour les besoins de sa rime, notre trouvère évoque le souvenir d'une ville de Belgique :

« Par desuz est vêus li juges ;

Il n'a si bon clerc jusqu'à Bruges. » v. 1271-1272).

Ce sont là, piètres arguments. Aussi M. Dinaux s'est-il vu déposséder de sa prétention à faire de Raoul un poète originaire de *Houdeng*, entre Mons et Binch Mais pourquoi pas tout aussi bien de Houdain, près d'Avesnes, ou de Houdain près de Béthune ?

On aurait déterré dans un vieux coffret un document ainsi conçu : « Obit pour Raoul de Houdan, genti conteur, pourquoi rend si drach prost à cheans, six blancs, trois œufs et deux fouaches, affecté sur manoir, gardin, courtis faisant le cuing del plache. »

Tout cela fut vite reconnu plus romanesque que véridique, encore que l'auteur du rapport ait agi en parfaite bonne foi.

Contrairement à pareille assertion, M. Mathias Friedwagner, docteur autrichien, cherchait à démontrer dès 1898 que la *Voye de Paradis* ne pouvait être l'œuvre de notre Raoul et que, par conséquent, la déclaration d'origine y incluse ne pouvait s'appliquer à lui. Mais qui veut trop prouver ne prouve rien ; le poète s'est chargé lui-même de réfuter par avance les arguments de l'érudit commentateur en terminant le *Songe d'Enfer* par ces vers :

> « Raouls de Houdenc, sanz mençonge,
> Qvi cest fablel fist de son songe »,

et nous laisse clairement entendre aussitôt son intention de nous parler du Paradis, et il ajoute :

> « Après orrez de Paradis. »

Au reste, le second poème est le pendant indispensable du premier. Et puis, dit fort justement cette fois M. Delignières, le trouvère se déclare lui-même l'auteur du poème, quand il énonce :

> « Et je tantost, sans plus atendre,
> Droit devant lui m'agenoillai
> Et de vrai cuer fin l'aourai ;
> Et il dist : « Raoul, bien l'as fet ».

Il reste que, jusque vers 1850, la plupart des historiens de la vieille France, reproduisant aveuglément les affirmations du P. Daire, auteur du *Tableau historique des sciences, belles-lettres et arts dans la province de Picardie* (Paris, 1768, in-12), s'étaient habitués à considérer Raoul comme originaire de Hodenc-en-Bray, près Beauvais.

Il est vrai que le P. Daire n'avait fait lui-même que copier Claude Fauchet, lequel en 1610 écrivait ceci : « Il est bien certain que Raoul de Houdenc ou Houdan et Chrestien de Troyes sont morts avant l'an 1227 par ce qu'a laissé Huon de Méry au *Tournoiement de l'Antéchrist*. »

Mais pourquoi le P. Daire ajoute-t-il ceci : « Raoul de Houdenc en Beauvaisis, a imaginé le *Roman des Ailes*, etc ? ». Nul ne saurait le dire.

En tout cas, aucun de ceux qui ont cru bon de répéter ces assertions sans les contrôler n'a songé que le Beauvaisis possédait également un autre Hodenc, *Osdencum episcopi*, Hodenc Lévêque, et que celui-ci pouvait être tout aussi qualifié que le premier à revendiquer l'honneur d'avoir donné le jour à l'inquiétant trouvère.

De nos jours, on a passablement ergoté, tant en France qu'en Allemagne, autour de cette épineuse question (1).

Nous ne saurions ici reprendre un à un tous les arguments

---

(1) A propos d'un fragment de *Méraugis* retrouvé en 1892 à Draguignan, M. Paul Meyer (*Romania*. XIX, 459) émet l'avis que Raoul de Houdenc serait picard. M. Gaston Paris, au contraire, le croit originaire de Houdan (Seine et Oise). C'est entre ces deux opinions logiquement défendables qu'il faut choisir. Nos arguments vont à la première et nous en puisons quelques-uns dans le mouvement communal du XII⁰ siècle, que l'évêque-comte de Beauvais avait tant d'intérêt à combattre.

qui ont été présentés. Notre objectif est autre, nous l'avons suffisamment fait entendre au début de cette notice, et nous ne voulons pas nous attarder plus longtemps à discuter sur des mots, dont l'authenticité orthographique ou autre est toujours sujette à caution.

Qu'après Hodeng en Hainaut, Hodenc en Vimeu et Hodenc en Bray, les trois Hodeng de la Normandie brayonne, et Houdan près de Mantes en Ile-de-France se mettent sur les rangs tour à tour, nous n'y saurions voir d'inconvénients. Nous avons dit tout de suite les raisons de nos préférences pour Hodenc en Bray, le foyer de « cistercianisme » que fut Beauvais épiscopal et fidèle au roi ; mais de certitude il ne saurait y en avoir (1). En tout cas, c'est par l'examen des idées du poète que nous espérons parvenir à plus de lumière. Quoi que vaille la méthode, il nous plaît de la suivre pour sa nouveauté. Où sont les parfaites ténèbres, il n'y a rien à risquer à changer de sentier.

II

Dès ce vaste mouvement de renaissance, qui signale plus particulièrement le XIIe siècle, ce fut un spectacle magnifique que de voir surgir du sol de France, à travers le remous des croisades et de l'émancipation des communes, la florai-

(1) Relevons, toutefois, encore une coïncidence remarquée par M. Vuilhorgne. En 1232, il se trouvait que le siège épiscopal de Nevers était occupé par un Raoul de Beauvais. Ce Raoul avait-il quelque chose de commun avec notre trouvère. Qui le dira ?

son des cathédrales. Spectacle de foi ardente, mais aussi de
libération spontanée, de solidarité civique dans l'adoration.
Par cette communion superbe au sein d'une idée rédemptrice
et supra-humaine, les nouveaux citoyens des cités affranchies
affirmaient religieusement un idéal laïque et, par la mise en
commun de leurs efforts et de leurs deniers, réalisaient dans la
création d'un art dépourvu de toute imitation l'œuvre populaire
par excellence. En vain les cloîtres s'efforcent-ils d'accaparer la
direction du mouvement; les confréries d'artisans échappent
à leur étreinte. On délaisse l'église hiérarchique pour mieux
écouter dans son cœur l'écho de l'évangile. Un clergé secret
s'inaugure au sein des corporations, que travaillent à la fois les
discussions de doctrine et le réveil peut-être inconscient d'un
certain esprit national. Mystérieusement s'organise, sous le
couvert d'une foi purifiée, la résistance au césarisme de
Rome, et le Coq, emblème gaulois par excellence, surmonte
la croix des clochers.

Maçons, troubadours, amateurs de « plaids », de cours
d'amour et de « gieux sous l'ormel » font un instant cause
commune avec les Cathares, les Vaudois, les Popelicans de
tout ordre, que tente vainement d'évangéliser saint Bernard.
Une vaste et sourde conspiration s'étend d'Angleterre en Aragon, de Bretagne et d'Anjou jusqu'en Champagne et jusqu'en Flandre, à la faveur des cours brillantes entretenues
par les ducs et comtes, rivaux de la royauté suzeraine. Avec
la belle Constance, avec Eléonore de Guyenne, le culte de la
Dame pénètre jusqu'au Nord.

Un instant l'esprit druidique de Galles et de Bretagne fra-
ternise avec l'esprit méridional imprégné d'atavismes orientaux et gréco-sarrazins réveillés par les croisades. Le judaïsme

travaille dans l'ombre des ghetti avignonnais à retrouver l'ésotérisme des vieilles kabbales. Un Grec, Nicetas, vient présider un concile aux environs de Toulouse. Une secte manichéenne de Bulgarie s'affilie, vers l'an 1100, aux communautés albigeoises, que pénètre le gnosticisme. Un siècle plus tard, un empire français est fondé à Constantinople.

Ainsi on gardait la Chevalerie, auquel était assignée une fin de religion, sous le patronage de Notre-Dame-Marie. Quand les *Gaults* se réveilleraient, il serait trop tard et la ruse aurait encore une fois triomphé, mais en jetant les clefs spirituelles, pour asservir le dogme à l'immutabilité de la lettre.

Nonobstant, florissaient la mystique et l'occultisme, recrutant des adeptes jusque parmi les dignitaires écclésiastiques, que ne parvenaient point à éblouir l'éclat du siècle ni les prestiges de la puissance. L'Alchimie était en honneur, et ses symboles s'inscrivaient aux pierres de Notre-Dame de Paris. En même temps, la querelle des Réalistes et des Nominaux tourmentait les esprits, separait en deux camps les gens de science; un goût d'abstraction et de quintessence y prenait sa source, qu'alimentait un violent souhait d'unité morale. Les aspirations s'élançaient instinctivement vers en haut, vers la durée, vers le cœur des choses. On sculptait des allégories au portail des cathédrales; on pensait en paraboles; on aimait conférer la réalité aux pures fictions de l'esprit, et, à chaque instant, sous les doigts du sculpteur, sur les lèvres du trouvère où par la prédication de l'apôtre, il semblait que le Verbe se refît chair. La nécessité de voiler sa pensée sous des figures méconnaissables aux profanes porta aussi les dissidents à imaginer des récits d'apparence merveilleuse, dont les adeptes avaient seuls la clef, grâce à certains procédés de transposition des événements et des noms. Aux romans de la *Table Ronde*, comme aux satires du *Renart* et aux chansons ou *sirventes* des troubadours, il convient sans doute d'assigner ainsi une double et même triple signification. Péladan signalait le fait récemment (1) et indiquait sommairement que le *Roman de Renart* pouvait bien figurer l'intrigue de Blanche de Castille (*Hersent*), avec Romain de Saint-Ange, légat du Pape.

Comme toute l'œuvre de Rabelais, les romans de la Table Ronde ont une clef secrète. Echafaudés d'après les événements et personnages politiques de l'époque dont ils sont le travestissement idéal, ils sont en même temps un enseignement; ils manifestent l'ensemble d'une doctrine mise en action, et sous une affabulation sentimentale ou simplement pittoresque, n'accumulent les péripéties que pour mieux illuminer l'idée directrice. A les considérer de près et par dedans, l'esprit qui les organise est le même que celui qui suscite les cathédrales où, malgré l'accumulation des motifs (voyez Reims par exemple ou Notre-Dame de Paris), l'ensemble demeure lumineux et grandiose.

Si nous réussissons mal à nous intéresser aujourd'hui aux productions spéciales de cette littérature, si nous les trouvons généralement froides, incolores et peu poétiques, c'est que précisément ceux qui les créèrent n'avaient pas l'âme à proprement parler poétique ; ils ne se souciaient que de lignes et, n'étant que des hommes de foi, ils ne pouvaient trouver qu'un mode d'expression vraiment saisissant et adéquat à leur âme:

(1) De *Parsifal à Don Quichotte* (Le secret des Troubadours). 1 vol., Sansot, 1905.

l'architecture. L'architecture à qui devait succéder la musique, à l'heure où naissait la peinture, où s'exaltait la poésie, fille gibeline d'un platonisme exalté, qui avec Dante refuse d'incliner la Beauté devant l'Utilité morale du salut et pénètre avec Béatrix jusqu'aux pieds du Tout-Puissant catholique.

Ainsi se trouve manifesté que le Destin des peuples et des civilisations évolue selon leur conception de l'amour.

Raoul de Houdenc l'avait pressenti, qui n'établit que sur cette donnée même tout le roman de *Méraugis*, et c'est ce qui lui confère, à travers tout le Moyen Age, une place unique. Non seulement, au strict point de vue littéraire, il fut pour ainsi dire le créateur de l'allégorie reprise par Huon de Mery, Rutebeuf et le Roman de la Rose; mais encore il fut le point de départ d'un véritable courant d'idées politiques, philosophiques et religieuses, synthétisées et parabolisées dans *Méraugis*, expliquées, commentées et codifiées dans le *Songe d'Enfer*, dans la *Voie de Paradis* et le *Roman des Eles de Courtoisie*. Il devient ainsi le véritable précurseur de Dante et de Cervantès, avec des préoccupations d'orthodoxie par surcroît ; mais la mise en scène agrandie par le grand Alighieri, et les types illustrés par le père de Don Quichotte et de Sancho Pança, Raoul en fut le créateur, comme il fut de la grande chaîne mystique du platonisme l'un des maillons d'or.

Des preuves ? Ah ! d'abord il suffit de méditer le *Songe d'Enfer* et la *Voye de Paradis*, que le présent ouvrage a pour objet de rendre lisibles. L'Idée de la *Divine Comédie* se trouve là toute, sinon le plan précis du monumental édifice, et il n'est pas jusqu'à la façon dont le pèlerin d'enfer pénètre en songe en la Cité des flammes qui ne prête à de curieux rapprochements. Le Purgatoire, création acceptée fort tard par l'orthodoxie, n'existe pas chez notre trouvère, comme il n'existe ·point sur les cathédrales de son époque; (1) mais, si le Dante n'avait en quelque sorte divinisé sa Béatrix, en quoi son Paradis dépasserait-il tant la conception de Raoul? Je dis conception; car au point de vue expressif, c'est tout autre chose. Dante est le premier des poètes de l'Europe moderne, et c'est à cause, non de sa rigoureuse pensée philosophique, mais de l'intensité de sa vision, parce qu'avant toutes choses il est peintre.

Avec les six mille vers qu'il comporte, le roman de *Méraugis de Porzlesguez* offre une matière plus riche à l'exégèse. Ici vont se présenter, frappants et nombreux, les rapprochements à faire avec Cervantès. Il semble même, par endroits, que le Don Quichotte soit la parodie directe de *Méraugis*, (*Meleagis, mal logi, mau vis*), l'homme à la triste figure, le type du chevalier errant, symbole de l'idéalisme éperdu et· toujours insatisfait. Tandis qu'il chérit la belle et parfaite Lidoine (*lilii domina, lys doine*, la dame au lys, propice aux vrais amoureux, *idonea*) pour ses qualités d'âme et de cœur, Gorvein Cadrutz, le jovial, ne s'éprend d'elle que pour la beauté de son corps. Et ce Gorvein (*Gros Ventre*) Cadruz (*Gadru*, celui qui aime la *gaudriole*), n'est-ce pas le prototype de Sancho Pança, l'homme du Midi, le bon vivant?

Cette opposition entre Méraugis et Gorvein Cadruz ne figure-t-elle pas en même temps la rivalité de Louis VII contre Henri II d'Angleterre ou plus exactement de Philippe-Auguste contre Richard Cœur de Lion ? Pour Lidoine elle

(1) V. Ruskin, *La Bible d'Amiens*. Interprétation.

semble mieux destinée à représenter Blanche de Castille que toute autre ; car Aliénor de Guyenne, par ses déportements, avait jelé sur les siens le discrédit. Il y a synthèse évidente dans la création des types, et le profil en apparaît différent selon le point de vue d'où on les considère. Il est possible que, sous la figure de Blanche, Lidoine occupe la place de Bérengère de Navarre.

Lidoine pourrait en même temps personnifier la ville de Gisors, disputée par les rois de France et d'Angleterre, et dont le gouverneur Jean, fils de Hugues II, avait une sœur nommée Idoine.

Par le tournoi de Lindesores (*linde sore, la belle attaque*) s'ouvre le poème. Le prix du tournoi est remporté par Caulus (celui qui est de Galles, du pays des « Gaults ») ; celui de la beauté par Lidoine, la pure, la blanche. Méraugis et Gorvein Cadru s'éprennent d'elle tous deux en même temps et différemment, comme il fut dit. Ils entrent en querelle, quand Lidoine les sépare et les renvoie au jugement d'Arthus de Bretagne. Le sénéchal Keu donne avis que chacun des deux concurrents jouisse de la dame pendant un mois ; mais la reine ayant réclamé la cause, un arrêt définitif est prononcé en faveur de Méraugis.

Avant de lui appartenir, Lidoine assigne à son chevalier un an d'épreuves. Il part donc entraîné par le nain messager à la recherche de Gauvain, neveu d'Arthus, le « parfait en courtoisie ». « Le feignaire, le prégaire, l'entendeire et le druz sont les quatre degrés de l'initiation, » dit Peladan. Avant d'atteindre la perfection mystique réalisée par le *Perceval* de Chrestien de Troyes, Méraugis a besoin, conduit par le nain qui symbolise l'humilité, de connaître l'initiation aux épreuves de l'amour contrarié.

La vieille qui engage Méraugis à abattre un écu pendu devant un pavillon, (rappelons-nous les vers cités plus haut du *Roman des Eles*), c'est la sensualité vile, le goût des basses jouissances, la *lescherie*. Cet écu est la propriété de *L'Outredouté*, symbole de l'Hérésie, prince des mécréants de tout ordre et qui ne représente peut-être pas d'autre personnage que le célébre Salahaddin ou Saladin. Eléonore de Guyenne ne passait-elle point pour lui avoir appartenu?

L'Outredouté (*L'ultra-redouté*) veut châtier Méraugis de l'outrage fait à son écu; il l'attend toute une nuit, puis il s'éloigne. Provoqué par le chevalier Laquis de Lampagrès (*l'acquis de lampe à gresse*, le bourgeois, le marchand qui économise, le séditieux des révoltes communales), Méraugis est vainqueur. Et voici que le pauvre Laquis de Lampagrès se voit forcé de se battre avec L'Outredouté, auquel il est allé porter le message de son premier vainqueur. Ecrasé encore une fois, il ne s'en tire qu'avec un œil crevé. C'est une façon allégorique d'exprimer l'aveuglement du bourgeois, qui ne lutte en réalité que pour la satisfaction d'intérêts matériels, non pour une foi.

Dans une joûte chez le roi Amargon (*Amour amer*), Meraugis obtient encore le prix.

Méraugis accompagné de Lidoine repart à la recherche de Gauvain; il rencontre douze demoizelles (les douze vertus d'amour parfait) qui lui indiquent le chemin du haut d'une roche. Il parvient à une Croix où aboutissent trois routes. Sur l'avis de Lidoine il prend la route sans nom. Puis il arrive à la *Cité sans nom*. Une barque le conduit dans une

île, où il doit lutter avce le chevalier qui habite la tour.
Durant le combat il reconnait que le chevalier n'est autre
que celui qu'il cherche. Gauvain lui raconte que la tour est
habitée par une Dame (la Chasteté fidèle), dont l'ami doit défier et détruire tous les chevaliers qui entrent dans l'île. Ainsi
Gauvain serait obligé de tuer Meraugis. Ils se concertent
d'une ruse pour fuir. Dans l'exécution de cette ruse, Méraugis en est amené à revêtir la robe de la Dame. Les deux
chevaliers réussissent à s'échapper; mais Méraugis a oublié
Lidoine, qui est demeurée dans la tour et qui le croit tué.
Toujours errant, Méraugis retrouve sur la neige les traces du
cheval de L'Outredouté.

Il vient, bien contre son gré, prendre la place de l'Outredouté dans le château enchanté des Karoles (*caroler*, danser
en rond, symbole des difficultés que l'homme éprouve à
découvrir l'essence et à s'y attacher, par amour excessif des
voluptés immédiates). L'Outredouté s'installe à la porte du
château pour attendre son rival et, quand un chevalier nouveau pénètre dans le château pour délivrer ce dernier, la
bataille s'engage, farouche, au cours de laquelle L'Outredouté mourant étreint Méraugis et l'entraine dans sa chûte.
Cependant Lidoine abandonnée dans la tour enchantée
croyait son ami mort. Avice (*Avisée*, Alix de France peut-
être) la console et la ramène dans son royaume de Cavalon
(corruption pour *Caernarvon*, comme *Cardueil* pour *Cardiff*,
— en Galles, pays des parfaits *Gaults*). Elle arrive avec
Avice chez Belchis le laid (*Bêle*, *chie*, le ménestrel qui chante
et mange) qui veut la marier de force à son fils Espinogre.
Cet épisode doit également se rattacher à quelque intrigue
de l'époque; mais nous n'avons pas su l'identifier. Lidoine,

qui symbolise, ne l'oublions pas, l'Eglise renaissante, appelle
à son secours Gorvein Cadruz. Celui-ci vient assiéger Cam-
padone, puis Monthaut où successivement se retire Belchis.

Retrouvé dans la lande bretonne, puis soigné par le chevalier Meliant des Lys (*meli anthos*, l'homme pétri de grâce et
de douceur), Méraugis est amené chez Belchis, où il retrouve
Lidoine. Tondu (en signe d'humble et perpétuel amour unique) il semble un fou. Pour ne pas être surpris, Méraugis et
Lidoine font semblant de ne pas se connaitre. Cependant,
Avice, qui est allée chercher du secours chez Arthus, ramène
Gauvain, qui croit Méraugis mort et qui conduit avec soi
tous les chevaliers de la Table Ronde.

L'assaut est donné au château de Monthaut; mais Méraugis guéri défait tous les assiégeants. Gauvain le reconnaît
et, au risque de passer pour traître, lui donne son épée pour
le suivre dans le château. Lidoine juge inutile de dissimuler
plus longtemps. Mais Belchis, qui avait juré à Méraugis fidé-
lité, (les troubadours ne veulent pas embrasser la nouvelle
doctrine orthodoxe), entre dans une violente colère. Méliant
des Lys alors s'interpose, contraint Belchis à faire la paix et
à restituer Lidoine à son chevalier. Instruit à son tour de ce
qui arrive, Gorvein Cadruz court s'emparer du royaume de
Lidoine, que celle-ci, croyant son chevalier mort, lui avait
promis pour sa délivrance. Il envoie défier Méraugis. Le
combat a lieu en présence de la cour d'Arthur. Vainqueur,
il l'épargne à condition de renouer leurs liens d'amitié.
Gorvein alors épouse Avice.

Telles sont les péripéties de ce roman si touffu en apparence et d'une si belle ordonnance, toutefois, quant à la pensée
secrète qui le vivifie et l'organise.

Cette pensée est unitaire et mystique ; elle procède autant du collectif social que de l'individu : mais elle aide à mieux comprendre Dante et Cervantès, qui sont les deux faces contradictoires d'une même aspiration. Elle fait songer aussi, à cause de Shelley et des grands moralistes de l'Angleterre, que le Celtisme est comme une eau sous-jacente à travers le sol entier de la France de l'ouest, jusqu'en Aquitaine, et de la Grande-Bretagne. Faut-il admettre qu'il a pu aider un instant au réveil lumineux du Platonisme, à cause d'un fonds d'idées qui aurait été perpétué depuis le druidisme en certains cénacles occultes, et qui se serait amalgamé à certains apports orientaux issus des croisades? On ne sait. En tout cas, tout l'effort du XIII⁰ siècle dans le Nord, et dans l'Ile-de-France en particulier, eut pour objet de restituer à l'orthodoxie ce que le culte de la «Dame» et la Chevalerie mystique allaient lui enlever. Il semble que notre Raoul ait été choisi pour être le porte-parole de ce nouvel apostolat, qui devait emprunter ses meilleures armes à ses ennemis mêmes. Moins éperdûment mystique, moins passivement sentimental que l'auteur de l'Imitation, moins admirable aussi, le souci politique le domine, sans qu'il veuille l'avouer explicitement, et nous avons en ces quelques notes, essayé de le démontrer.

S'il n'écrivit pas plus qu'il ne fît, et quoique Roquefort ait prétendu lui attribuer, outre celle du *Chevalier à l'Epée*, la paternité d'un roman de *Guillaume de Dôle*, c'est qu'il n'en considéra point sans doute la nécessité au point de vue de l'effet qu'il préméditait, n'étant trouvère peut-être que par calcul et travestissement.

En tout cas, toute son œuvre témoigne d'un acharnement non dissimulé contre les Albigeois. Pour nous, nous n'avons voulu formuler ici que des hypothèses étayées de vraisemblances. Une époque peut aider à en comprendre une autre, et nous avouerons volontiers que la crise religieuse actuelle nous a fait tourner les yeux vers ces temps lointains, où la raison n'ayant pas encore supplanté la foi, celle-ci par son exaltation même put faire un instant courir au Dogme dominateur un sérieux péril.

Au point de vue spécial de la langue et du style, Raoul marque un goût très vif pour la propriété de l'expression; mais il a moins d'ampleur que Chrestien de Troyes, qu'il dépasse en vivacité, par l'usage qu'il fait de l'interrogation, ou du dialogue. Il y a dans *Méraugis* des passages d'une grande fraîcheur, et l'on verra plus loin par le *Songe d'Enfer* comme il savait être à la fois vigoureux et spirituel à l'occasion.

Malheureusement, étant un sectaire, il ne saurait offrir l'intérêt puissamment humain d'un Rutebeuf ou d'un Villon. C'est pourquoi nous avons tenu à l'étudier ici sous son profil le plus accusé, celui d'un adepte de la doctrine de St-Bernard drapé dans le manteau d'un Cathare.

Par certains côtés son humour cru fait songer à Guy Patin; et encore une fois il nous plaît mieux de l'évoquer, fût-ce illusion pure, en Beauvaisis que partout ailleurs, ce Beauvaisis dont la capitale fut l'une des premières communes de France, et dont la cathédrale inachevée est l'un des plus impressionnants morceaux d'architecture qui soit au monde.

En lisant *le Songe d'Enfer* et *la Voye de Paradis*, nous ne pouvions nous empêcher de revoir en pensée les sculptures d'Amiens et de Reims : le Jugement dernier, les faces radieuses des élus, celles pétries d'angoisse des damnés, le visage auguste des saints piétinant les péchés, la figure miséricordieuse de la Vierge, le beau Dieu Jésus. Et nous songions en même temps à la représentation des Mystères, mettant en scène toute cette hallucinante fantasmagorie religieuse où se jouait le drame du salut. Puis nous comparions à tout ce décor de pierre, de tapisseries, de vitraux ou d'enluminures la société féodale du temps, avec tout son arbitraire et tout son absolutisme à grand peine battus en brèche par tout ce flot brûlant de mysticisme qui baignait les âmes et les portait tout aussi facilement à l'intolérance qu'à la pitié.

Sujet vertigineux, en vérité. Par la solution qu'il donne au problème, dans le développement de son récit prétendu d'aventures, Raoul de Houdenc arbore en réalité l'idéal rédempteur des *Gaults* de France. Sans s'en douter? Nous sommes enclin à croire le contraire. Il prépare avant toutes choses le triomphe de l'Eglise hiérarchique, qui, à cette date, et sous la menace du schisme, fait flèche du tout bois. Ne venait-elle pas de canoniser Thomas Becket, le bouillant archevêque de Cantorbéry assassiné sur l'ordre d'Henri II d'Angleterre aux marches de l'autel? Sous l'invocation du saint, et spécialement aux confins de Normandie et d'Ile de France, s'érigeaient des chapelles votives.

Je sais précisément, près de Hodenc-en-Bray, à La Neuville-Wault, une chapelle de cette espèce, dont le chœur au-dessus de l'autel est orné d'une peinture représentant le massacre du prélat, et dont la première pierre fut posée vers le milieu du XIIIe siècle par Philippe de Dreux, évêque de Beauvais, né de sang royal, ennemi juré des princes anglais.

Les Templiers toutefois étendaient leurs communautés. On les ménageait, faute de pouvoir abattre d'un seul coup toutes

Songe

les têtes ; mais déjà la royauté française leur avait voué sa haine. Trop occupée d'ailleurs au midi et par delà la Manche, l'Eglise sériait ses efforts. L'Université de Paris n'allait pas sans lui donner des inquiétudes. On fermait un peu les yeux. Il ne fallait pas, néanmoins, laisser se reproduire en France ce qui venait de survenir en Angleterre, où peut-être agissait la main sournoise d'Eléonore de Guyenne, reine de cours d'amour et cathare demeurée fervente. Mais les rivalités entre hauts barons ne pouvaient être que profitables, et il n'était pas négligeable non plus d'encourager ces derniers à retourner en croisade. A ce titre, il n'en fallait ni trop dire, ni trop laisser deviner. Du côté de la Terre-Sainte, l'idéal des Parfaits continuait de se marier à l'idéal catholique.

Les évènements politiques aidant et le faible Louis VII ayant répudié son épouse avec la dot qu'elle apportait, il put sembler un instant, tant le lien était étroit entre la pensée limousine et la pensée anglo-celtique par l'Anjou, qu'une nation imprévue allait se constituer en dehors de ce qu'on appelait la France et qui se limitait pour ainsi dire à l'étroit domaine royal. Telle fut cependant la valeur éminente de l'esprit particulier qui allait s'y développer que cet esprit même, en replaçant le culte de la Dame dans le sein même du dogme catholique, en identifiant au cœur de la même personne mystique la Vierge et Béatrix, et en innovant du même coup l'art ogival, fit davantage et mieux que toutes les inquisitions dominicaines et que toutes les croisades papistes. Ils sauvèrent notre nation du morcellement et du séparatisme ; ils la fondèrent d'avance et virtuellement au sein de leur cœur mystique, auquel ne suffisaient point les pres-

tiges de l'extériorité ; ils furent les vrais chevaliers de la
Table Ronde, des « *parfaits* ».

Mais peut-être furent-ils inconsciemment circonvenus par
l'intrigue ecclésiastique ; car il ne faut pas oublier que les
véritables bénéficiaires de leur victoire, favorisée d'ailleurs en
Angleterre par le réveil de l'esprit saxon, au midi par l'écra-
sement du Pays d'oc, ont été les clercs, leurs alliés contre
les excès féodaux, pour l'avènement de l'hégémonie royale.

L'Occitanie militante avait ses barons à sa tête ; en
même temps elle demeurait, de par les suggestions de son
climat et l'affinement de sa civilisation, mieux imprégnée de
paganisme. Par la légende du *St-Graal*, qui « est, dit Gidel,
dans le domaine de l'imagination, ce qu'était dans l'histoire
la conquête du Saint-Sépulcre », la littérature du Nord arbo-
rait un idéal de perfection plus intérieure, et se séparait ainsi
du troubadourisme pur, auquel toutefois Chrestien de Troyes
semble mal attaché.

Laissant de côté le roman de la *Vengeance de Raguidel*, sur
lequel on pourrait controverser trop longtemps, il apparait
clair que l'idée maîtresse de *Méraugis de Porzlesguez* n'est autre
que le conflit pendant entre la beauté extérieure et la beauté
morale. Celle-ci doit garder la prééminence, et c'est ainsi
que Lidoine finit par devenir l'épouse de Méraugis, dont
l'amour s'attache à l'âme.

Comme il fait bon ensuite relire Ruskin ou mieux l'em-
porter avec soi pour une excursion rapide et méditative vers
Amiens, la merveille des merveilles, le seul palais au monde,
j'imagine, Reims peut-être excepté, où Dante aurait aimé
loger sa Béatrix.

Ah ! cet art du Moyen Age est moins incomplet qu'on

n'est porté à croire ; à force de sentiment, il entraîne
l'intelligence et souvent aussi, à travers sa dureté apparente,
il saigne, il aspire, il aime par delà les sens. Il a la grâce.
Son infériorité littéraire provient moins de l'absence d'idées
que de sa façon de les exprimer par le mot seul sans méta-
phores visuelles. C'est que, chez ces hommes épris unique-
ment de perfection morale ou d'audace aventureuse et chevaleresque, il ne régnait d'autre souci que le souci religieux,
et le sentiment esthétique ne commençait que d'éclore, comme
un bourgeon fragile au sommet du dogme.

Quand sa fleur fut épanouie, rayonna la Renaissance, et
s'étiola l'orthodoxie rongée par la Réforme ; quand sa graine
fut tombée par terre pour faire grandir une plante autonome,
l'architecture dépérit. Mais la Poésie était née, et aussi toutes les formes d'art qui s'attachent à traduire l'émotion, à
peindre la vie. Mais pour tous ceux qu'intéressent, à côté de
l'art pur, les problèmes de l'idée, le roman, la sociologie ou
la métaphysique, il fait encore bon relire Raoul de Houdenc ;
il est même un peu moins vide que tant de nos prétentieuses
productions contemporaines.

Seulement il garde ce défaut capital obligatoirement: il
écrit pour le XIIIe siècle et avec la langue, les habitudes, le
tour de pensée du XIIIe siècle.

Autant que possible, en compensation, nous nous effor-
çâmes, dans notre traduction, d'éviter l'écueil de l'archaïsme ;
nous avons voulu conserver l'allure et l'esprit du texte et
non pas faire du pittoresque hors de propos. Il ne faudra pas
trop s'en étonner. On nous pardonnera aussi de temps en
temps certains écarts, imputables à notre désir d'être surtout

clair, c'est-à-dire de parler comme parlerait de nos jours le narrateur.

— Songeons que c'est par Raoul de Houdenc et ses émules, grands ou petits, que la France du XIIIᵉ siècle a pu se placer d'un seul coup à la tête de la civilisation du monde, et soyons indulgents pour ces lointains ancêtres de notre gloire la plus sûre.

La Neuville-Vault (Oise), 1907.

Philéas Lebesgue.

LE SONGE D'ENFER

LE SONGE D'ENFER

En songes doit fables avoir,
Se songes puet devenir voir :
Dont sai-ge bien que il m'avint
Qu'en sonjant un songe, me vint
5   Talent que pélerins seroie.
Je m'atornai et pris ma voie
Tout droit vers la cité d'Enfer.

TRADUCTION

On sait que les songes sont pleins de fables; — quelquefois pourtant ils se réalisent. — Ainsi m'advint, tout en songeant un songe, — le désir de faire un voyage. — Je me dispose et me dirige — tout droit vers la cité d'enfer. — Tout le carême et

Errai tant quaresme et yver
Qu'a droite eure i fui venus.
10   Mès de ceus, que g'i ai conus,
Ne vous ferai ci nul aconte
Devant que j'aie rendu conte
De ce qu'il m'avint en la voie :
Plesant chemin et bele voie
15   Truevent cil qui enfer vont querre ;
Quant je me parti de ma terre,
Por ce que li contes n'anuit,
Je m'en ving la première nuit
A Convoitise la Cité.
20   En terre de Desléauté
Est la cité que je vos di,
Je i ving par un mercredi ;

tout l'hiver, je marchai tant — qu'en droite ligne j'y parvins. — Mais de ceux que j'y ai connus — je ne vous ferai nul récit, — avant de vous avoir conté — mes aventures de voyage. — Plaisant chemin, route agréable, — trouvent ceux qui cherchent l'enfer. — Lorsque je quittai ma terre, — car le récit ne s'attarde, — je m'en vins, la première nuit, — en la cité de *Convoitise*. — En terre de *Déloyauté*, — la ville en question se dresse. — J'y arrivai un mercredi, — et me vins loger chez *Envie*. — Charmant hôtel et belle

Si je herbergai chiés Envie :
Plesant ostel et bele vie
25 Eumes ; et sachiez sans guile
Que c'est la Dame de la vile.
Envie bien me herberja :
En l'ostel avœc nous manja
Tricherie, la suer Rapine ;
30 Et Avarisce, sa cousine
Vint avœc li, si com moi samble,
Por moi veoir toutes ensamble.
Et vindrent et grant joie firent
De ce qu'en lor païs me virent.
35 Et tantost, sanz contremander,
Vint Avarisce demander
Que je noveles li déisse

chère — nous eûmes; car sachez, sans tromperies —
que c'est la Dame de la ville. — *Envie* m'hébergea
pour le mieux.

A l'hôtel avec nous mangeait — *Tricherie*, la sœur
de *Rapine* ; — *Avarice* sa cousine, — si j'ai bien jugé,
les accompagna, — pour me faire visite ensemble. —
Elles vinrent et se réjouirent fort — de me voir là dans
leur pays. — Tout de suite et sans barguigner, —
Avarice m'interrogea — pour avoir de moi des nouvelles — des avares, désirant apprendre — leurs faits

Des avers, et li apréisse
Lor fez et lor contenemenz,
40 Si com chascuns de ses parenz
Se demaine, m'a demandé ;
Et je li ai tantost conté
.I. conte, qu'ele tint à buen,
Quar je li contai que li suen
45 Avoient du païs chacié
Larguece ; et tant s'est porchacié
Sa gent, que Larguece n'avoit
Tor, ne recet ; ne ne savoit
Quele part ele puet durer.
50 Ne le pot mès plus endurer
Larguece : ainz est si mal en point,
Que chiés les riches n'en a point.

et gestes et projets. — Comment chacun de ses
parents — se comportait, elle s'enquit. — Aussitôt, je
lui racontai — mon conte, et le lui fis accroire. — Je
lui dis, en effet, que les siens — avaient chassé de la
contrée — Dame *Largesse*, et que ses gens avaient tant
fait — que *Largesse* n'avait plus — la moindre tour ni
retraite, et ne savait — en quel endroit trouver refuge.
— Son sort devient intolérable, — et la voici si mal
en point — que les riches lui ferment leurs portes.
Ainsi parlai-je ; elle en eut grande joie — et *Triche-*

Ce li contai : grant joie en ot.
Et Tricherie à .I. seul mot
55 Me redemanda erraument
Que je li deisse comment
Li tricheor se maintenoient,
Icil, qui à li se tenoient
Se le voir li savoie espondre :
60 Et je, qui tost li voil respondre,
Li dis de son voloir .I. pou
Que Tricherie est en Poitou
Justice, Dame et Viscontesse,
Et a por prendre sa promesse
65 En Poitou, si com nous dison,
Formé(1) chastel de trahison,

rie, incontinent — me redemanda sans phrases — de de lui dire par quels moyens — les tricheurs se maintenaient — et quels étaient leurs fidèles. — Saurais-je détailler le vrai ? — Je voulus répondre sur l'heure ? — et satisfis — à son désir un peu. — *Tricherie*, dis-je, est en Poitou — dame de Justice et Vicomtesse. — Elle a pour asseoir sa puissance, — construit là-bas, comme on dit, — un fier château de trahison ; — très haut, le plus vaste du monde, — dont l'enceinte à la

(1) Var. Ferme.

Trop haut, le plus divers(1) du monde,
Dont Poitou siet à la roonde
Toz enclos et çains par grant force :
70   Tricherie, qui s'en efforce,
L'a si garni de fausseté
Qu'en aus n'a foi ne léauté.
Ce respondi-je à Tricherie :
Mès qui que tiegne à vilonie,
75   Je dis tout voir, n'en doutez rien ;
Car des Poitevins sai je bien,
Ceus qui connoissent lor couvine,
Que de lor roiaume est Roïne
Tricherie, si com moi samble,
80   Qu'entre els et li trestout ensamble,
Sont de conseil à parlement.

ronde enferme — par la force, tout le Poitou. —
Tricherie, qui ne veut rien omettre, — l'a tout garni de
mauvaise foi — et nettoyé de loyauté.

Ainsi à *Tricherie* répondis-je. — Soit qui voudra taxé
de vilenie, — je dis tout vrai; n'ayez doute de rien. —
Des Poitevins je sais ce qu'il en est ; — je sais les dis-
tinguer — et que de leur royaume la reine — est
Tricherie. Du moins j'en juge ainsi. — C'est dire que

(1) Le plus plesant.

Adonc s'en rist molt durement
Tricherie, et grant joie en fist,
Et puis tout en riant me dist :
85   — « J'ai toz les Poitevins norriz :
Se il s'acordent à mes diz,
Biaus amis, n'est mie merveille. »
Atant departi nostre veille ;
Chascuns à son ostel ala,
90   Et je qui toz seus remez là
Avœc m'ostesse jusqu'au jor.
Et l'endemain sanz nul séjor,
Levai matin et pris congié,
Et me mis au chemin com gié
95   Estoie fez le jor devant.
Hors de la cité là avant

d'elle à eux tous ensemble, — il en va comme de conseil à parlement.

La dessus, dame *Tricherie* — se mit à rire éperdûment
et se réjouit fort ; — puis ajouta, en s'esclaffant : « Mon
bel ami, ce n'est guère merveille, — que les Poitevins
me soient fidèles ; — c'est moi qui les ai nourris tous.»
Notre veillée alors prit fin ; — chacun retrouva son
hôtel. — Jusqu'au jour avec mon hôtesse, — j'étais
ainsi demeuré seul : — le lendemain sans nul retard
— je fus debout de grand matin et pris congé. —

Tornai a senestre partie,
Tant que je ving à Foi-mentie,
La corte, la mal compassée

100 Qui en poi d'eure est trespassée;
N'i a qu'un petitet de voie
De ce que dire vous devoie :
El premier chief, non pas en coste,
Trouvai Tolir .I. divers oste.

105 De mentir ot le maïstire;
De Foi-mentie est mestre et sire,
Cortois estoit et debonère :
Durement me plot son afère,
O lui me retint au disner ;

110 Après sanz longues demorer,
Vint mes ostes à moi enquerre,

Comme j'avais fait deux jours auparavant, — je me remis en route — et, dés que je fus hors la ville, — je pris à gauche et marchai tant — que je parvins à *Foi-mentie*, — l'exiguë, la mal compassée. — Peu de temps suffit à la parcourir, et la rue, — je dois tout vous dire, — en est tout étroite. — Tout en entrant et sans gravir, — je rencontai *Tollir*, un hôte bien aimable. — C'est lui qui de mentir possède la maîtrise. — De *Foi-mentie* il est prince et seigneur; — courtois au reste et débonnaire, — joliment me plut sa façon. —

Comment Tolirs en ceste terre,
Uns siens filleus se maintenoit,
Et comment il se contenoit
115 Contre Doner; itant m'enquist
Et de ce que il me requist
Respondi voir, quar je li dis
Que Doners ert las et mendis,
Povres et nus et en destrece
120 Qui soloit avoir l'ainsnéece.
Or est mainsnez,or est du mains :
Doners n'ose montrer ses mains,
Doners languist, ce est la somme;
Jamès Doners chiés nul haut homme
125 Ne fera .II. biaus cops ensamble.
A hautes cors de Doner samble

D'abord il m'invite à dîner, —puis, sans autres détours, — s'enquiert auprès de moi — de quelle sorte un sien filleul — se comportait là-haut sur terre — et quelle contenance il avait, — en face de *Donner*.

Ainsi m'interrogea-t-il —, et à toute sa requête, — je répondis vrai; je lui dis — que *Donner* était las et pauvre, — qu'il mendiait sans vêtements, ni ressources, — Lui qu'on avait gratifié du droit d'ainesse —, il est désormais ruiné, traité en cadet de famille. — *Donner* n'ose montrer ses mains — *Donner* languit.

Que il n'ait mie le cuer sain,
Qu'en son sain tient adès sa main,
Lais, chétis, haïs et blasmez.
130 Tolirs est biaus et renommez;
N'est pas chétis ne recréus.
Ains est et granz et parcréus,
De cuer, de cors, de bras, de mains
Est granz assez : Doners est nains(1).
135 Quant nos ostes ceste novele
Oï, moult par le tint a bele,
Et moult li plot, dont m'enparti.
D'aler mon chemin m'aati
Où je vous dis qu'aler devoie.
140 Por eschacier la male voie,
M'en issi par une posterne,

voilà ce qu'il en est. — Jamais, chez nul grand personnage, — *Donner* ne fait deux jolis coups ensemble. — Il semble, lorsqu'il tient sa cour, — qu'il ait le cœur malade; — on dirait que ses doigts pressent sur la poitrine — de maigres présents que l'on hait et blâme. — *Tollir* est beau et de renom; — il n'est ni lâche, ni chétif; — il est grand et fort au contraire; — de cœur, de corps, de bras, de mains, — il est fourni. *Donner* est nain.

(1) Var. Doners n'ose monstrer ses mains.

Droitement à Vile-Taverne
M'encommençai à empasser.
Mès ainçois me covint passer
145 .I. fleuve, où mains vilains se nie
Que l'on apele Gloutonie.
Iluec ving. Outre m'en passai ;
Mès tant est viex, de voir le sai,
Qu'ainc mès sis uis passé n'avoie,
150 Si qu'en Vile-Taverne entroie,
Trouvai de moult plesant manière
Roberie la tavernière,
Qui me herbreja volentiers ;
La nuit fu mis osteus entiers.
155 De jouer vi moult bel atret :
Hasart et Mescont et Mestret

Quand mon hôte eût ouï la chose, — il en fut tout
émerveillé — et m'en complimenta, pour me donner
congé. — Je me hâtai de poursuivre ma route — vers
le but que vous savez. — Pour éviter le plus mauvais
passage, — je sortis par une poterne. — Vers *Ville-
Taverne* en droite ligne, — je me mis en marche aussitôt. — Mais, avant de l'atteindre, il me fallut passer
— un grand fleuve où plus d'un se noie, — et qu'on
nomme *Gloutonnerie*. — J'y parvins et le traversai; —
mais il est d'aspect si triste, je le sais par expérience,

Furent la nuit à mon ostel.
Qu'en diroie ? Je l'oï itel
Qu'on ne le pot plus plesant faire ;
160   Moult s'enquistrent de mon afaire
Li compaignon, qui léenz èrent...
Tuit ensamble me demandèrent
Mestrais², Mescontes et Hasars,
Que lor déisse isnelle pas
165   Noveles qu'à Chartres fesoient
Dui lor ami qu'il moult amoient
Charles et Mainsens, de la loge (1)
Où Papelardie se loge.
De ces .II. m'enquistrent les fez,
170   Et je respondi sanz meffez :
« Il vous aiment moult durement.

— qu'il ne me souvient d'en avoir passé de si laid. —
A mon entrée à *Ville-Taverne*, — j'abordais de plaisante façon — *Roberie*, la tavernière — qui me logea
volontiers. — Je passai la nuit chez elle.

Belle occasion de jeu y rencontrai. — *Hasard*,
Mécompte et *Mauvais coup* — vinrent le soir à mon
auberge. — Que dois-je en dire ? Leurs paroles furent
telles — qu'on ne les peut proférer plus aimables. —

(1) Var. Mesdiz.

« Si vous dirai rezon comment ;
« Sovent lor fètes gaaignier ;
« Si vous vuelent acompaignier
175 « A eus tout par droit heritage. »
Et il me tindrent moult à sage ;
Por ce que le voir lor en dis,
Qu'en cest mont n'a pas de genc. X.
Qui d'els la vérité retret :
180 Miex aiment Mesconte et Mestret
Que fet cil Charles et Mainsens ;
Il les atraient en toz sens.
Et li tavernier de Paris :
Cil ne les servent mie envis ;
185 Ainz vous di, foi que doi S. Pière,
Que il aiment de grant manière

Complaisamment ils prirent de mes nouvelles, — les courtois compagnons. — Tout ensemble me demandèrent. — *Mauvais coup*, *Mauvais-Compte et Hasard* — de les renseigner sans retard — sur ce que pouvaient faire à Chartres, — deux de leurs amis les plus chers : — *Charles* et *Mansoys*, de la loge, — où Papelardie s'abrite. — Ils m'interrogèrent sur leurs faits et gestes, — et je répondis sans détour : — « Ils vous aiment éperdûment — et la raison en est bien simple ; — vous les aidez dans leurs profits. — Aussi veulent-ils vous

Mestrait et Mesconte et Hasart
Qu'à lor gaaing ont sovent part;
Gautiers Moriaus, n'en dout de riens,
190 Jehan li Boçus artisiens,
Hermers, Guiars li fardoilliez,
Qui mainz briçons ont despoilliez:
[Jà] n'auroie oncques tout a conte;
Ce conte à Mestret et Mesconte
195 Je dis ; lors vi venir Hasart
Qui me demanda d'autre part
Noveles de Michiel de Treilles;
Après me raconta merveilles
De dan Sauvage et de sa gent,
200 Comme il fesoient, sanz argent
Estre souvent Girart de Troies ;

gratifier — de tous leurs biens, par direct héritage.» — Et ils admirèrent ma sagesse, — parce que je ne mentais point. — C'est qu'il n'y a pas dix personnes au monde — capables d'éclaircir ici la vérité. — A tous les malfaisants, — *Mécompte* et *Mauvais coup* sont chers, — et leurs ruses sont innombrables.

Et les taverniers de Paris, — ceux-là ne les servent guère à contre-cœur; — bien au contraire! Par la foi que je dois à Saint-Pierre, — je puis dire qu'ils sont tout dévoués — à *Mauvais coup*, *Hasard* et *Mauvais-*

Et je lor di que toutes voies
Estoit Girars en lor merci.
Il ne se muet oncques deci,
205 Mès adès avœc aus sejorne.
Sovent le voi penssui et morne ;
Chascuns i prent, chascuns le plume,
C'est lor béance (1) et lor coustume.
Ce lor dis-je tant seulement,
210 Et Hasars, qui bien sot comment
Si desciple le sevent fère,
Fu liez et esbaudi l'afère,
Et tuit et tuit firent grant joie,
Ne cuit que jamès si grant voie,
215 Quar oncques mès tele n'avint.
Avec cele grant joie vint

Compte, — qui ont part dans leurs bénéfices. — Gautier Moreau, je n'en puis douter — Jean le Bossu, l'artésien, — Hémart, Guyart, le rusé compère, — aiment à dépouiller les simples. — Comment raconter tout ? — J'achevais mon récit à *Mauvais coup* et *Mauvais-Compte* —, quand tout à coup, je vis venir *Hasard* — qui, de son côté, me demanda — des nouvelles de Michel de Treilles. — Copieusement il s'éten-

(1) Var. Balance.

Yvresse, la mère Versez (1) :
Et ses filz o li est alez.
Versez est granz et parcréuz ;
220 Et moult est assez et créus,
En son païs et en sa terre
Et dist qu'il est nez d'Engleterre.
Cousin se fet Gautier l'Enfant :
En nule terre n'a enfant,
225 Je croi, qui si bien le resamble,
Il puéent bien aler ensamble ;
Andui sont si grant et si fort,
Que nus n'auroit vers aus esfort,
Ne nus vers aus ne s'apareille.
230 Versez est si fors à merveille,
Et si membruz et si divers

dit — sur Messire Sauvage et ses compagnons : — Comment ils s'y prenaient, — lorsque Girard de Troyes se trouvait sans argent ?

Et je lui dis que de toute manière, — Girard était à leur merci. — Il ne songe guère à s'échapper — et son séjour est avec eux. — Souvent, morne et pensif, je l'aperçois. — Chacun lui prend, chacun le plume : — c'est une coutume établie.

(1) Var. Guersaiz.

Qu'il gète les plus granz envers.
Par .noi le sai, oiez comment :
Il avint trestout erraument
235 Que Versez vint léenz à cort ;
Tout pié estant me tint si cort
Qu'il me covint à lui jouer.
Onques ne m'en poi eschiver ;
Car deffendre ne m'en séusse.
240 Mès tout aussi comme je fusse
A Guinelant et à Vuitier,
M'estut escremir et luitier
A lui par le conseil mon oste.
Yvrece, qui son mantel oste,
245 Par grant joie et par grant solas
Nous aporta. II. talevas,

Je n'en dis point davantage. — *Hasard,* qui sait bien comment — savent opérer ses disciples, — s'esbaudit fort de mon récit, — et tout chacun fut en liesse. — C'est je crois, la joie la plus grande à laquelle j'assistai jamais ; — car de telle il n'en advint plus. — Au milieu de cette allégresse. — *Ivresse,* la mère de *Versez* (*Défi d'ivrogne*), — avec son fils auprès d'elle, fit son entrée. — *Versez* est grand et bien bâti ; — il est fort bien considéré — sur ses terres et dans son pays, — et c'est en Angleterre, assure-t-il, qu'il est né.

Comme à tel guerre convenoit ;
Et chascuns en sa main tenoit,
Par grant ire et par grant effort,
250 Baston de cler au coirre fort.
Si vous di que chascuns avoit
D'armes quanqu'il li covenoit,
Je li voi et il me revient,
Et je li sail et il me tient,
255 Et je sus hauce et il retrait.
Je li retrai d'un autre trait,
Et il errant à trait me vient,
Et si très durement me tient
Que je ne li puis eschaper :
260 Si durement me seut taper
Et si fort, ne l'm'escréez mie,

Gautier l'Enfant se fait passer pour son cousin. —
Il n'est personne, je crois, nulle part — qui lui ressemble autant. — Ils peuvent très bien aller ensemble. —
Tous deux sont si grands et si forts, — que nul n'oserait
les défier, — ni se mesurer avec eux. — *Versez* est
d'une telle vigueur, — si bien membré, si plein de
ruses — qu'il renverse les plus vaillants. — J'en sais
quelque chose, et voici comment :

Il advint à l'improviste — que *Versez* s'approcha de
moi. — Il me serra si près debout — qu'il me fallut

Qu'aus colées de l'escremie
Me fist si chanceler à destre
Qu'à poine chéi à senestre.
265 Et lués que remest cele chaude,
Por tenir la bataille chaude,
Versez reliève, si m'assaut :
Je li ressail; il me ressaut,
Et je tresgète, et il sormonte.
270 Si me fiert que el chief me monte
Où l'estormie m'est montée :
Ce fu li cops de sormontée ;
Quar il me monte en la teste.
Et cil qui trestoz les enteste,
275 Me prent aus braz et si me torne,
Et en cel tor si mal m'atorne

jouter avec lui.—Impossible de m'en défaire;—je ne pus
esquiver la lutte. — Tout au contraire, et comme s'il se
fût agi — de Guinelant et de Vuitier, — je dus m'escri-
mer et combattre, — sur le conseil même de mon
hôte. — Par grande joie et contentement, — *Ivresse*
enlève son manteau — et nous apporte les boucliers —
qui convenaient à pareille guerre. — Par colère et pour
se défendre, — chacun tenait à la main — un bon
bâton de clerc, garni de cuir solide.

Ainsi nous nous trouvions munis — de toutes armes

Que il m'abat encontre terre
A. I. des jambes d'Angleterre.
Si que ne l'porent esgarder
280 Cil qui le champ durent garder.
A toz fui moustrez erraument
Et iluec sus le pavement
Fusse remez à grant meschief;
Mès Yvrece me tint le chief
285 Par compagnie en son devant.
A chief de pose vint avant
Versez et dist, isnelle pas :
« Compainz, ne vous merveillez pas;
« Maint se sont à moi combatu
290 « Qui au luitier sont abatu
« Et au combatre en la taverne;

nécessaires. — Je marche vers lui; il revient sur moi ; — je l'attrappe; il me tient; — je m'élance, il recule. — J'y vais d'un autre coup ; — il me saisit tout aussitôt —, et son étreinte est si solide — que je ne lui peux échapper. — Le coup qu'il m'asséna fut si violent — et si fort, croyez-m'en, je vous prie, — que dans la fureur de la lutte — il me fit chanceler à droite, — au point de me faire choir à gauche.

A peine remis de cette alerte — et pour ne point laisser refroidir la bataille — *Versez* se remet en garde

« Neïs Guilliaume de Salerne
« Qu'on tient à preu et à hardi
« Je ai batu, bien le vous di,
295 « Jambes levées à .I. tor.
De plusors autres ci entor
Se vanta qu'abatuz avoit,
De teus que se on le savoit
Dont moult se riroient la gent ;
300 Mès ne seroit ne bel ne gent
Que toz recordaisse ses diz :
Je remez qui fui estordiz.
Il s'en ala ; mès ainc Yvrèce
Por angoisse ne por destrèce
305 Ne me volt cele nuit iessier,
Ne je ne li voil relessier

et m'assaille. — Je l'assaille à mon tour ; il réplique ;
— je biaise, il me surmonte. — Il me porte un tel
coup — que je ne sais où donner de la tête. — Ce fut
le coup de grâce — et j'en restai tout étourdi. — Celui
qui tourne la tête à tout le monde — me prend par les
bras, me fait faire un tour — et m'arrange de telle
sorte — qu'il me jette contre le sol — à un pied des
jambes d'Angleterre ; — toutefois n'en purent juger
— ceux qui durent garder le champ.

Je fus vite objet de curiosité. — Tout étendu sur le

D'obéir à sa volenté.
Quant j'oi leenz grant piece esté,
Com cil, qui bleciez se sentoie,
310 Yvrece, en qui conseil j'estoie,
Me prist et si me convoia ;
Hors du chastel bien m'avoia
Et toute i mist s'entencion.
Par devant Fornication
315 Me mena droit en un chastel,
Qu'on appele Chastiau-Bordel
Où maint autre sont herbergié.
O Honte, la fille à Pechié,
Me vint veoir à grant déduit,
320 Larrecins, li filz Mienuit,
Qui reperoit en la meson :

pavagé, — j'étais resté, pour ma misère. — Mais
Ivresse me tint la tête, — par pitié, sur les genoux —
Lors, *Versez* s'avança très calme — et dit incontinent :
— « Compagnon, ne soyez surpris ; — nombreux
sont ceux qui m'ont voulu combattre — et que j'ai vaincus dans la lutte — à la bataille de Taverne. — Même
Guillaume de Salerne, — qu'on tient pourtant pour
courageux, — je l'ai battu, je vous assure, — jambes
levées au premier assaut. » Il se vanta également —
d'en avoir jeté bas plusieurs autres, — et que, si on

Cele nuit me mist à reson
Larrecins, et m'enquist comment
Li desciple de son couvent
325 Se fesoient en cest païs.
Tantost li respondi et dis,
Sans atargier et sans faintise,
Que li Rois en fet tel justise
Et qu'il les maine si à point
330 Que larron sont en mauvès point.
Ce li dis, et, bien le savoie;
Et lors li demandai la voie
A Enfer, la grant forteresse.
Entre Larrecin et Yvrèce,
335 Moult volentiers m'ont convoié;
A lor pooir m'ont avoié;

les connaissait, — on ne manquerait pas d'en rire.
— Mais ce ne serait ni gracieux ni courtois — de rapporter de tels propos. — Je demeurais tout étourdi. —
Il s'en alla; mais Dame *Ivresse*, — pour détresse et
pour angoisse, — ne consentit à me délaisser, cette
nuit-là. — Pour moi je ne pus refuser — d'obtempé-
rer à son désir. — Quand je fut demeuré près d'elle
un long moment, — comme si j'eusse été blessé, —
Ivresse,dont j'avais le conseil,— me prit en sa conduite.
— Hors du château me mit en bon chemin, — avec

Et dient : « Plus n'i atendras ;
« Par devant Cruauté tendras
« Droit à Cope-Gorge ta voie.
340 « Et d'ilueques si te ravoie
« Avant, et saches sanz abet,
« S'a Murtreville le gibet
« Pues venir, bien auras erré.
« Jamès le grant chemin ferré
345 « Jusqu'en Enfer ne lesseras.
« Mès si droit avant t'en iras
« Que mès venras en enfer droit. »
Moult me conseillièrent à droit
Yvrèce et Larrecins ensemble.
350 Atant li parlemens dessamble ;
Je m'en alai, ma voie pris ;

toutes sortes d'attentions ; — par devant *Fornication*, — elle me conduisit tout droit en un château — qu'on appelle *Château-Bordel* — et où plus d'un va se loger. — De compagnie avec Dame la *Honte*, la fille à *Péché*, — me vint, à grand déduit, rendre visite — Sire *Larcin* dont le père est *Minuit* — et qui habitait la maison.— *Larcin*, cette nuit-là, me fit conversation — et voulut savoir comment — s'en tiraient dans notre pays — les disciples de son couvent. — Sans tergiverser, ni feindre, — je le renseignai, disant — que le Roi fait des

Au chemin, qu'il m'orent apris,
Me ting et alai toutes voies.
Les lues, les viles, les voies
355   Ne vous auroie hui acontées,
Mès tant trespassai de contrées
Que je ving à Desesperance,
Où la greignor joie de France
Oï. Ne cuit mès si grant joie ;
360   Car Desesperance est Montjoie
D'enfer. Por ce est à droit dite,
Quar d'iluec jusqu'à Mort-Soubite
N'a qu'une liue de travers.
Jouste Mort-Soubite est Enfers ;
365   N'i ot qu'un souffle à trespasser.
De cele Montjoie passer

voleurs telle justice — et les traite de telle sorte —
qu'ils sont en mauvaise posture.

Ainsi parlai-je, en toute certitude. — Alors je demandai la route — vers la grande forteresse d'enfer. —
J'y fus galamment convoyé — entre *Ivresse* et *Larcin*,
— qui m'aidèrent autant qu'ils purent, —et me dirent:
« Ce sera tôt franchi ; — tu vas passer par devant
Cruauté, — pour aller droit à *Coupe-Gorge*. — De là, si
tu te remets en marche — sache bien, sans erreur, —
que tu auras bien voyagé, — si tu peux atteindre le

Pensai ; et tant qu'en enfer ving
De tant à bien venu me ting,
Que quand j'y ving, que il metoient
370 Les tables ; moult s'entremetoient
Del mengier léenz atorner,
Onques portiers por retorner
Ne me prist ; et itant vous di
Qu'une coustume en Enfer vi,
375 Que je ne ting mie à poverte,
Qu'il menjuent à porte ouverte.
Quiconque veut, en enfer vait ;
Nus en nul tens leenz ne trait
Que ja porte li soit fermée.
380 Iceste coustume est faussée
En France ; chascuns clot sa porte :

gibet de *Meurtreville*. — Jusqu'en Enfer, garde-toi de quitter — la grande chaussée. — Plus tu marcheras droit, — plus tu arriveras vite. » — *Ivresse* et *Larcin* — me comblèrent ainsi de leurs justes conseils, — jusqu'à ce qu'il fallut rompre l'entretien. — Je m'éloignai et pris ma route. — Au chemin qu'ils m'avaient enseigné — je me tins et marchai tant que je pus. — Je voudrais vous conter aujourd'hui, — les lieues, les villes et les routes ; — mais je passai tant de contrées — que j'atteignis *Désespérance* ; — la plus grande joie de France

Nus n'entre léenz, s'il n'aporte ;
Ce veons nous tout en apert.
Mès en Enfer à huis ouvert
385 Menjuent cil, qui leenz sont.
De la coustume que il ont
Me loe ; en Enfer ving tout droit.
Onques mès si grant joie à droit
Ne fut faite comme il me firent ;
390 Car de si loing que il me virent,
Chascuns por moi veoir acort.
Cil jor tint li Rois d'Enfer cort,
Plus grant que je ne vous sai dire :
Cel jor furent à grant concire
395 Tuit cil qui de l'Roi d'Enfer tindrent;
Li mestre principal i vindrent,

— y charma mon oreille et je ne crois pas en avoir
ouï de pareille au monde ; — car Désespérance est *Monjoie* (1) — d'enfer; c'est pourquoi l'on dit à bon droit
— que de là jusqu'à *Mort-Subite* —, il n'y a qu'une
lieue de distance. —.Près de *Mort-Subite* est l'Enfer;
— un souffle et le pas est franchi. — Je crus bien en
passer par là. — Tant et si bien que je parvins en Enfer
même. — Je me tins en arrivant pour favorisé ; car

(1) *Monjoie*, cri de guerre des rois de France.

Cil qui sont de plus grant renon.
Quant il passèrent à Vernon,
Bien parut à lor chevauchie,
400   Quar dusqu'au chief de la chaucie
Peri toute l'église aval ;
Mès s'il estoient à cheval,
Ce ne fet pas à demander.
Li rois qui les ot fet mander
405   Les fist entor lui asséir,
Por ce qu'il les voloit véir.
Je m'en montai isnèlement
Sus el palais fet à ciment,
Adonc fui-je bien saluez
410   De clers, d'évesques et d'abez.
Pylates dist et Belzébuz :

— à mon entrée, l'on mettait — les tables. Il y avait grand embarras — pour préparer le repas de céans.— Au reste nul portier ne vint m'admonester ; — aussi vrai que je vous dis, — la coutume que je vis en enfer établie — et que je tiens pour estimable, — c'est qu'ils mangent à porte ouverte.

Entre en enfer qui veut. — En aucun temps nul ne s'y rend — qui trouve la porte fermée. — Cette coutume est faussée — en France ; chacun y clot sa porte. — Nul n'entre sans quelque pourboire. — Voilà ce

« Raoul, bien soies-tu venuz !
« D'où viens-tu? Je vieng de Sassoigne
« Et de Champaigne et de Bourgoigne
415 « De Lombardie et d'Engleterre :
« Bien ai cerchié toute terre.
« — Tu es bien à eure venuz ;
« Mès jà n'i fusses atenduz
« S'uns petit fusses atargiés,
420 « Quar aprestéz est li mengiers. »
Ainsi dist à moi Belzébuz ;
Mès ains mengiers ne fu véuz
Si riches, qui léenz estoit
Appareilliés, qu'on ne pooit
425 Tels viandes trover el monde,
Tant comme il dure à la roonde.

qu'on voit tous les jours. — Mais en enfer, on mange
avec l'huis large ouvert. — De cette coutume je me
loue. — En enfer j'arrivai tout droit. — Jamais je
ne vis pareille fête, — comme en entrant ils me firent ;
— car de si loin qu'ils me virent, — chacun accou-
rut pour me voir.

Ce jour-là le Roi d'Enfer tenait sa cour, — avec plus
d'apparat que je ne vous sais dire. — Tous les vassaux
du Roi s'assemblèrent en grand conseil ; — les principaux chefs s'y rendirent ; — et tous ceux qui sont de

Je en fui moult joianz et lies :
Et tout errant li panetiers
Sans demorance et sans attente,
430 (Ne cuidiez pas que je vous mente,)
Napes qui sont faites de piaus
De ces useriers desloiaus
A estendues sur les dois.
Atant s'assist li mestres Rois,
435 Et li autre communaument,
Com se il fussent d'un couvent.
Mon siege fu, ainc n'i ot autre,
Dui Popelican l'un sur l'autre.
Ma table fu d'un toisserant,
440 Et li Seneschaus tout avant
Me mist une nape en la main

renom. — Quand ils passèrent à Vernon, — leur
chevauchée fut remarquable, — car au ras de la chaussée — toute l'église en fut abattue. — Nul besoin, par
conséquent, de s'enquérir — de leur façon de voyager.
— Le roi qui les faisait mander, — les fit asseoir à son
entour, — pour le désir qu'il avait de les voir.

Très lestement, pour ma part, — je montai, sur
le palais tout bâti de ciment. — Ma foi ! j'y fus galamment salué, — de clercs, d'abbés et d'évêques. — Pilate
dit et Belzébuth : — « Sois le bienvenu, Raoul. —

Del' cuir d'une vieille putain,
Et je l'estendi devant moi.
A une toise sis de l'Roi,
445 A .I. petit près, non en coste ;
Cele nuit oi-je moult bon oste
Et en moult grant chierté me tint.
Au premier mès ainsi avint :
Nous aporta l'on devant nous
450 Un mès, qui fu grand et estous,
Champions vaincus à l'aillie;
Chascuns grant pièce mal taillie
En ot. Bien en furent péu.
Après champions ont éu
455 Useriers cras à desmesure,
Qui bien avoient lor droiture :

D'où viens-tu donc? » — « Je viens de Saxe, — et de
Champagne et de Bourgogne, — de Lombardie et
d'Angleterre : — j'ai retourné plus d'un pays ». — « Tu
arrives au bon moment; — un léger retard seulement
— et l'on ne t'attendait plus ; — car voici le repas
tout prêt. » — Ainsi me parle Belzébuth.

De repas aussi riche — et pareil à celui que l'on pré-
parait là, — personne n'en a vu ; — par toute la durée
du monde, — on n'a pu rencontrer nulle part de telles
victuailles. — Pour mon compte, j'en fus tout ravi de

Cuit estoient ; et s'erent tel
Qu'il estoient d'autrui chatel
Lardé si cras dessus la coste ;
460 Devant et derrière et en coste
Ot chascuns bien deus doits de lart :
Jà n'ert si cras qu'on ne le lart
En enfer tout communaument.
Mès cil d'enfer enz el couvent,
465 (Itant vous di bien sanz faintie)
Qu'il ne tienent mie à daintie
Tel mès, selonc ce que je vi ;
Quar il sont d'useriers servi
Toz tens ; et esté, et yver,
470 C'est li generaus mès d'enfer.
Uns autres mès fut aportéz

liesse. — Tout aussitôt le panetier, — sans faire attendre personne — (ne croyez pas que je mente) —
étendait, sous les mains des convives, — des nappes
faites avec la peau — d'usuriers sans loyauté. — Lors
prend un siège le Roi — et les autres font de même,
comme moines en un couvent. — Deux popelicans
posés l'un sur l'autre — me servirent de chaise, je
n'en eus pas d'autre. — Ma table fut faite d'un tisse-
rand. — Et le sénéchal avant toutes choses — me mit
une serviette en main, — le cuir d'une vieille courti-

De larrons murtriers à plentez,
Qui furent destrempré as aus.
Si estoit chascuns toz vermaus
475 De sanc de marcheans mordris,
Dont il avoient l'avoir pris.
Après orent un autre mès,
Qu'il tindrent à bon et à frès :
Vieilles putains aplaqueresses,
480 Qui ont teus crevasses qu'asnesses,
Mengiès (ont) à verde saveur.
Moult s'en loèrent li pluseur ;
Si que lor dois en délechoient,
Por les putains qui lor puoient,

sane. — Je l'étendis par devant moi. — J'étais non
loin du Roi — une toise à peu près — cette nuit-là,
j'eus un hôte excellent — et qui tendrement me traita.
— Vint aussitôt le premier plat. — Le mets qu'on
servit devant nous fut copieux et chaud. — Des lutteurs à la sauce à l'ail. — Chacun en eut un grand
morceau mal découpé. — On s'en trouva bien rassasié.
— Après les lutteurs on eut — des usuriers gras à
l'excès — et qui avaient leur honnêteté. — Ils étaient
cuits ; et s'ils étaient — si bien lardés le long des côtes,
— c'est que le bien d'autrui les avaient engraissés. —
Devant, derrière et sur les flancs, — chacun eut bien

485　Dont il amoient moult le flair;
　　　Encor en sens-je puir l'air.
　　　Devant le Roi après cil mès
　　　Aporta l'on un entremès,
　　　Qui durement fu déparlez,
490　Qu'on apele Bougres ullez
　　　A la grant sausse Parisée,
　　　Qui de lor fez fu devisée,
　　　Comment on lor fist, ce me samble,
　　　Par jugement à toz ensamble
495　Sausse de feu finalement
　　　Destemprée de dampnement.
　　　En tel sausse que j'ai nommée,

deux doigts de lard. — Rien n'est si gras qu'on ne le larde ; — telle est l'habitude d'enfer.

Mais ceux d'enfer dans leur couvent. — je vous le dis sans chercher à feindre, — n'ont guère, selon ce que je vis, — de mépris pour un tel plat ; — car on leur sert en tout temps — des usuriers, l'été comme l'hiver : — c'est le mets ordinaire d'enfer.

Un autre plat fut apporté : — abondance de chourineurs — marinés avec de l'ail. — Chacun d'eux était rouge encore — du sang des marchands massacrés — et dont ils avaient pris l'argent. — Un autre plat vint ensuite, — qui fut tenu pour frais et savoureux : — de

Toz chaus à toute la fumée,
Furent à la Table d'Enfer
500   Aportez en broche de fer
Devant le Roi, à qui moult plot,
Qui entor lui ot grant complot
Des siens, et fut liez durement,
Et présenta moult largement
505   Les mez. Et tant en donna-il
Et çà et là que cil et cil
S'en loèrent sanz nule fable,
Tant, qu'il disoient sur la table
Qu'onques teus mès ne fu véus.
510   Autre Bougres ont il éus;

vieilles putains pustuleuses, — à la peau crevassée comme celle des ânesses — et d'un goût à point faisandé. — La plupart s'en félicitèrent, — au point de s'en lécher les doigts ; — l'odeur puante des putains — pour leur flair était un délice, — et l'on dirait que j'en respire encore.

Après ce plat devant le Roi, — fut apporté un entremets, — dont s'exclama fort l'assistance. — C'était un rôti d'hérétiques — à la grand'sauce Paris, — dont le nom vient de leur histoire. — Si je ne me trompe, on leur fit, — par jugement à tous ensemble — une

Mès si plesanz véus n'avoient
Que por l'ulleis qu'il savoient
Disoient que c'èrent espisses ;
Si en faisoient granz délices
515 Partout que ce sembloit poison.
Tuit en avoient à foison ;
Mès il estoient en doutance
Que il n'éussent mès pitance,
De si là que Gormons d'Argent
520 Venist o toute sa grant gent
En enfer, où l'on le semont,
Et après me dist de Gormont
Uns d'aus, qui tère ne se pot,

sauce de feu, assaisonnée, — de damnation pour son
achèvement.

En pareille sauce, tout chauds et tout fumants, — ils
furent servis à la table d'Enfer, — sur des broches de
fer, devant le Roi. — Grande assistance autour du
prince, — qui en souriait de rude liesse. — Très largement il présenta les mets — et la distribution fut si
copieuse, — par ci, par là, que les uns et les autres —
s'en louèrent en toute franchise, — au point de pro-
clamer que pareil plat — ne s'était jamais vu sur aucune
table. — D'autres hérétiques eurent-ils ; — jamais ils
n'avaient vu de mets si agréable, au point que les

Qu'on en feroit .I. hochepot
525   Après les bougres, qui fleroient
Larsis, et puis si farsiroient
Faus pledeors à grant revel.
Moult en menoient grant gaudel
Entr'els, por le faus jugement,
530   Qu'il font entr'aus communement,
Por li loier qu'il en attendent,
Et por les deniers qu'il en prendent,
Dont il achetent les viandes,
De quoi il font lor pances grandes,
535   Sont en Enfer mengié à joie
Greignor, que dire ne porroie.

sachant rôtis, — ils les croyaient couverts d'épices.
— Ils en faisaient leurs meilleures délices, — comme
d'un breuvage — et tous en avaient à foison.
  Mais ils demeuraient inquiets — de manquer de
nourriture. — Sur ce, Gourmont d'Argent — s'en vint
en enfer avec toute sa suite, — selon l'ordre qu'il avait.
reçu. — L'un d'eux, bavard incorrigible, — me dit
aussitôt de Gourmont, — qu'on en ferait un hochepot,
— après les hérétiques, qui sentaient — le grillé, et
que l'on farcirait ensuite, — à grand'gaîté, de déloyaux
plaideurs. — Plusieurs en menaient grand bruit —
entre eux, parlant des faux jugements — qui leur sont

D'aus font li queu .I. entremès
'Tel que parler n'oïstes mès
De nule tel viande à cort ;
540 Quar c'est uns més, qui pas ne cort
Aus cors ; ne pas n'en sont aprises
Quar li queu ont les langues prises
Des pledeors, et tretes fors
Des gueules, et si les ont lors
545 Frites el tort, qu'il font del droit.
Là ont les langues del tort droit
Et de lor faussetez merites.
Quar ainçois qu'eles soient frites,
Ne trainées parmi le feu,

coutumiers — et du loyer qu'ils en attendent, — et des deniers qu'ils en soutirent, pour en acheter des viandes — à se grossir le ventre : — avec un plaisir impossible à peindre, — on les dévore à la table d'enfer.

Les cuisiniers font d'eux un entremets — tel, qu'à la cour même — vous n'ouïtes parler, je suis sûr, de pareil plat ; — car c'est un mets qui tient — au corps, croyez-moi bien. — Les cuisiniers, en effet, saisissent la langue — des plaideurs et la tirent hors — de la gueule ; puis ils la font — frire dans leur mépris du droit. — Là les langues sont traitées selon leur tort — et d'après leurs faussetés ; — car avant d'être frites — ou rétrécies

550 .I. maïstire en font li keu,
   Quar de ce que furent loés
   Des granz loiers sont or loés.
   En burre, au metre en la friture,
   En cel feu et en cele ardure,
555 Où li keu si les demenoient,
   Tout le malice avœc hoçoient,
   Qu'on puet en pledeor puisier,
   Por la savor bien aguisier,
   Tant que ce n'ert pas geus de veille :
560 De tels langues n'est pas merveille,
   Se cil d'enfer ont les friçons,
   De plain panier de maudiçons
   Droit sor ces langues embroïes,

par le feu, — les cuisiniers y exercent leur art. — Et
selon les profits tirés de leurs marchés, elles sont envi-
ronnées de beurre ou noyées de friture. — Sur le feu,
à travers les flammes — où les cuisiniers les agitent, —
se trouve secouée en même temps toute la malice —
qu'on peut puiser en un plaideur —, pour en aiguiser
le goût.

Ce ne sont point là jeux de veillée. — Que les cuisiniers d'enfer aient le frisson, — et ce ne sera merveille
de ces langues. — A plein panier de malédictions —
sur ces langues engluées, — secouées entre deux men-

Entre deux mençonges hocies.

565 Devant le Roi, el dois amont,
Les portent ; c'est li mès el mont
Qu'onques li Rois plus désirroit
Que ces langues. Quand il les voit,
Moult les loa ; tuit les looient,

570 Qui véist com làngues aloient
Et ça et là communement,
Mander péust tout vraiement,
Aus parjurez, aus menteors
Que langues de faus pledeors

575 Ne sont pas en Enfer blasmées,
Mès chier tenues et amées.
Aprés cel mès revint moult biaus ;
De vieilles putains desloiaus

songes, — le doigt levé, ils les portent — devant le Roi ;
il n'est pas de plat au monde, — que le Roi désire
davantage — que ces langues. En les voyant, — il en
fit long éloge et chacun y alla de sa louange. — Qui a
pu voir le cas que l'on fit de ces morceaux tout à la
ronde, — peut faire dire, en vérité, — aux parjures,
aux menteurs, — que les langues déloyales de plaideurs — ne sont dédaignées d'aucune sorte en enfer,
— mais, au contraire, considérées et recherchées.

Après ce mets en vint un admirable : — on fit à

Firent pastez à nos confrères.
580 Moult en délechoient lor lèvres
Tuit cil qui en Enfer estoient,
Por ce que les putains puoient.
En leu de fromages rostis
Nous donnèrent enfanz murtris,
585 (Et) qui furent gros comme sain ;
Mès nus fromages de gaain
A cel mangier ne se puet prendre,
Qu'on en trueve petit à vendre.
Après cel mès nous vint en haste
590 Bediaus brulez (1) bien cuiz en paste,
Papelars à l'ypocrisie,
Noirs moines à la tanoisie ;

nos confrères — un pâté de vieilles putains sans
loyauté. — Tous les convives de l'enfer s'en pourlé-
chaient les lèvres, — à cause de l'odeur qui s'en déga-
geait. — Au lieu de fromage, — on nous servit des
avortons rôtis, — de la grosseur du sein ; — mais il
n'est pas de bénéfice — à tirer d'un tel produit, — car
on ne trouve guère à vendre. — En hâte suivit un
autre plat : — des bedeaux brûlés, cuits en pâte, des
papelards à l'hypocrisie, — des moines noirs assaison-

(1) Var. Bedel, bete

Vielles prestresses au civé,
Noires nonnains au cretonné,
595 Sodomites bien cuiz en honte.
Tant mès, que je ne sai le conte,
Ont cil d'Enfer léenz éu :
De char furent trop bien péu,
Et burent, si comme devin,
600 Vilonies en leu de vin.
Bien sai, mès ne m'en puet deçoivre,
Trop à mangier et poi à boivre
Ont en Enfer. Bele est lor vie,
Et luès que la cort fu partie,
605 Li Rois d'Enfer tout maintenant
Parla à moi en demandant
Comment j'ère venuz à cort.

nés de tanaisie ; — des vieilles prêtresses au civé, —
des nonnes frites en poële, couleur de suie, — des
sodomites cuits à point dans la honte. — Tant de mets
y eut-il que je n'en sais le compte. — Les gens d'enfer
se repurent de viande à leur gré ; — si je ne me trompe,
au lieu de vin, — leur boisson fut d'ignominie. — Au
fait, et je ne m'en étonne guère, — ils ont en enfer
trop à manger et peu à boire. — Ainsi va leur vie.
Sitôt que la cour se fut éloignée, — le Roi d'enfer me
vint parler sans façon, — pour savoir comment j'étais

Des noveles me tint moult cort
Que li déisse ; et je sanz doute
610 Li contai la vérité toute
Comme à sa cort venuz estoie :
Bien sot que de rien n'i mentoie.
Li Rois qui por lui deporter
Me fist un sien livre aporter,
615 Qu'en Enfer ot leenz escrit
Uns mestres qui mist en escrit
Les droiz le Roi, et les forfez,
Les fols vices, et les fols fez
Qu'on fet et tout le mal afère
620 Dont li Rois doit justice fère.
En ce livre me rouva dire :
Tantost i commençai à lire,

venu chez lui. — Il insista pour avoir — des nouvelles.
Sans hésiter — je lui racontai la vérité toute, — et de
quelle façon je m'étais rendu vers sa cour. — Il sut
bien voir que je ne mentais point. — Le Roi, pour se
distraire, — me fit apporter l'un de ses livres, — écrit
en enfer même — par un maître en l'art. Tout y est
consigné : — les droits du Roi et les forfaits, — les
folies du vice, les actes déments, — que l'on accom-
plit, et tout le mal possible, — dont le Roi doit faire
justice.

Qu'en diroie ? En cel livre lui,
Et tant que en lisant connui
625 En cel livre, qui estoit tels,
Les vies des fols menestrels
En un quaier toute escrites.
Et li Rois dist : « Ice me distes ;
« Quar ci me plest moult à oïr,
630 « Si puissent-il d'enfer joïr,
« Que c'est le plus plesant endroit ! »
Et g'i commençai tout à droit,
Et tout au miex que je soi, lire ;
Des fols menestrels pris à dire
635 Les faiz trestout à point en rime,
Si bel, si bien, si leonime
Que je le soi à raconter :

Il me pria de lire ce livre tout haut ; — ce que je fis
tout de suite. — Qu'en dirai-je ? Je me mis à lire —
et, tout en lisant, je connus — la matière du livre ;
c'était — la vie d'insensés ménestrels, — en un cahier
parfaitement écrite. — Et le Roi dit : « Lisez-moi cela ;
— ce passage me plaît beaucoup. — Puissent-ils jouir
de l'enfer, — le plus plaisant endroit du monde ! » —
Du mieux que je savais, — je commençai de lire. —
Des ménestrels fous — me voilà déclamant les jeux
mis en rimes, — de si jolie et parfaite façon, — que je

Et n'i remest riens à conter,
Péchiez, ne honte, ne reprouche
640 Que nus hom puist dire de bouche,
Que tout ne fust en cel escrit :
Comment que chascuns s'en aquit,
Et de chacun la plus vil tèche,
Le plus vil péchié dont il pèche
645 I est escrit; je l'sai de voir.
Oublié ne voudroie avoir
Ce que je vi enz, a nul fuer.
Je reting du livre par cuer
Les noms, et les faiz et les diz,
650 Dont je cuit encore biaus diz
Dire sanz espargnier nului.
Qu'en diroie ? En cel livre lui

pourrais tout raconter. — Rien n'était laissé de côté.
— Péché, honte, reproche, — à la bouche d'un
homme impossibles à dire ; — tout était écrit là. —
Comment chacun s'acquitte de sa vie, — le plus vil
péché dont il péche, — le vice le plus laid de quiconque, — tout est enregistré, je le sais de vrai. — Pour
aucun prix, je ne voudrais — avoir oublié ce que je
vis là. — J'ai retenu par cœur les noms du livre, et
les faits et le récit, — dont j'ai l'espoir de tirer de
beaux contes, — sans égard pour personne. Qu'en

Si longuement com le Roi plot.
Et quant assez escouté m'ot,
655 Tant com lui plot, ne mie mains,
Doner me fist dedenz mes mains
XL. sols de déablies,
Dont j'achetai byffes jolies.
Après ce que je vous ai dit
660 Ne demora qu'un seul petit
Que cil d'Enfer trestuit s'armèrent
Et puis sur lor chevaus montèrent;
Si s'en alèrent proie querre
Par le païs et par la terre,
665 Mès je vous dis sans mespresure
Qu'onques ne vi si grant murmure

dirai-je ? En ce livre, je lus, — aussi longuement,
qu'il plut au Roi. — Quand il m'eut assez écouté, —
à son plaisir, il me fit — verser entre les mains, sans
hésiter, — quarante sous de diableries, — dont j'achetai
des bibelots charmants.

Après ce que je vous ai dit, — un bref intervalle
s'écoula. — Tous les gens d'Enfer prirent leurs armes
— et montèrent sur leurs chevaux, — pour aller chercher proie — par les pays et par la terre. — Mais je
vous le dis, sans faire tort ; — jamais je n'ouïs tel

Comme il firent à lor monter,
Trop seroit grief à raconter,
Mais je ne sai qu'en mentiroie.
670 Au partir me firent tel joie
Que ce fut une grant merveille.
Congié prent Raouls, si. s'esveille
Et cist contes faut si à point,
Qu'après ce n'en diroie point,
675 Por aventure qui aviegne,
Devant que de songier reviegne
Raouls de Houdaing, sans mençonge,
Qui cest fablel fist de son songe ;
Ci fine li Songes d'Enfer :
680 Diex m'en gart esté et yver !

murmure ; — bruit pareil à ce boute-selle. — Le récit
en serait malaisé, — — et cependant je dirais vrai.
A mon départ, ce fut merveille — comme chacun
me voulut faire fête. — *Raoul* prend congé. Il s'éveille.
— Et ce conte si à point s'achève, — que je ne saurais en dire davantage, — quelque aventure qui soit, —
avant que de songer l'occasion revienne.
Sans mentir, *Raoul de Houdenc* — a bien d'un songe
composé ce fableau. — Cy finit le songe d'Enfer. —
Dieu m'en garde hiver comme été. — Je vous dirai

Après orrez de Paradis :
Diex nous i maint et nos amis !

Explicit.

plus tard, celui de Paradis. — Dieu nous y mène et nos amis.

Explicit.

LA VOIE DE PARADIS

LA VOIE DE PARADIS

Or escoutez .I. autre songe
Qui croist no matère et alonge,
Je vous dirai assez briefment,
Se je pui et je sai, comment
5 En sonjant fui en paradis.
Je dormoie en mon lit jadis :
Si me prist talent que g'iroie
En paradis la droite voie.

TRADUCTION

Or écoutez un autre songe, dont s'allonge notre matiére. En peu de mots je vous dirai si je puis et je sais, comment tout en rêvant je fus en paradis. Je dormais en mon lit jadis. Alors me prit le vœu d'aller là-bas par le plus droit chemin. Tout

En sonjant me fui esméus,
10   Mès ne fui mie decéus ;
Quar au movoir priai à Dieu
Le gloriex, le douz, le preu,
Qu'il m'enseignast la voie droite
Et il me dist : « Va, si t'esploite
15   Et pren conseil à Nostre Dame ;
A li servir met cors et âme ;
Tout droit par li t'avoieras,
Que jamès n'ères desvoiez,
Se droit par li es avoiez. »
20   Quant ce oï moult fui joieus.
Et ne fui pas trop pereceus,
Ainz alai Nostre Dame querre
En son païs et en sa terre.

en rêvant, je me suis mis en marche ; mais je n'ai pas été induit en erreur ; car en partant je priai Dieu, le preux, le glorieux, le doux, de m'enseigner la droite route. Et il me dit : « Va, réalise ton désir, et prends conseil de Notre-Dame. A l'observer consacre-toi d'âme et de corps ; ainsi tu te dirigeras sans jamais t'égarer.

Je fus joyeux d'entendre ces paroles, et la paresse ne me tenta pas trop. Incontinent j'allai vers Notre-Dame, en son pays et dans sa terre. Je l'y trouvai.

Là la trovai : conseil li quis,
25 Et de ce que je li requis
Moult doucement me conseilla;
Elle me dist et enseigna
Que se j'avoie Dieu amor
Que je seroie sanz demor.
30 El commencement de la voie
Ou je dis que aler devoie
Atant d'ilueques me parti,
Mès onques chemin n'i mari ;
Si ving à Grâce la meschine
35 Qui tant par est loiaus et fine
Que nus hom dire ne l'pourroit,
Quar ele me mena tout droit
Par dedenz la meson Amor ;

M'adressant à elle, sur tout ce dont je me la requis elle me conseilla fort doucement. Elle me dit et enseigna que, si j'avais l'amour de Dieu, nul retard ne m'adviendrait pour me mettre en voyage et marcher vers mon but.

Sur ce, j'effectuai mon départ, et sans me tromper de chemin. J'arrivai donc auprès de Grâce, la noble et loyale vierge, dont nul homme ne saurait dire assez haut la louange; car elle me conduisit tout droit dans la maison d'Amour. De ma vie je n'assistai, comme en

6

Mès ainc ne vi si grant baudor,
40 Ne tel joie ne tel déduit
Que on me fist en cele nuit.
Crémirs est séneschaus léenz,
Qui ne fu ne couars ne lenz
De nous trop doner à mangier,
45 Et je ne fis mie dangier,
Ainz fui trop liez de grant manière
Por ce que j'oi si belle chière.
Assez menjâmes et béûmes :
De tout bien grant plenté éûmes.
50 Lors nous vint veoir Descipline.
Obédience, sa cousine,
Revint après par grant dosnoi ;
Mès ne me firent pas anoi ;

cette nuit, à pareille liesse, à pareil entrain ni réjouissance.

Le Chrême est ici sénéchal. Il ne mit paresse ni lenteur à nous servir de quoi manger, et je ne fis guère pour mon compte de façons ; au contraire, je me sentis ivre de joie pour la bonne mine qu'on me fit. Passablement nous mangeâmes et bûmes, et nous eûmes de tout en abondance. Lors, de Discipline nous reçûmes visite ; sa cousine Obéissance la suivait de près ; mais ni l'une ni l'autre ne me firent déplaisir ; vigoureusement

Quar moult durement me festèrent
55 Et moult grant joie demenèrent
De moi; lors vint après Gemirs
Et Penitance après Souspirs,
Qui tuit firent de moi tel joie
Que raconter ne le sauroie.
60 Après souper lor demandai
Et moult doucement lor proiai
Qu'il m'enseignassent le sentier,
S'il me savoient adrecier,
Par où l'en va en paradis,
65 Dont i ot moult joie e ris,
Et moult furent lié, ce me semble,
Et demandèrent tuit ensemble
La contenance des Béguines,

elles me fêtèrent, et ce fut à mon sujet grande réjouissance. Gémissement parut ensuite, et Pénitence après Soupir; tous me firent si joyeux accueil que le redire m'est impossible.

Le souper fini, je leur demandai avec instances très douces de m'enseigner, s'ils en connaissaient l'adresse, le sentier par où l'on va en paradis. Lors s'éleva grand bruit de joie et de rires; il me parut que l'on s'amusait fort. D'emblée on me demanda comment se comportaient Mesdames les Béguines et si elles se mon-

S'eles èrent auques bénignes
70 A lor proïsmes, si qu'eles doivent.
Se ce ne sont, moult se deçoivent :
Nis de cele de Cantimpré
Ont moult enquis et demandé,
Je respondi qu'eles servoient
75 Nostre Seignor, et moult estoient
Pleines de très grant patience,
Et gardent bien obédience
A lor sens et à lor pooir,
Et sevent mult très bien voloir
80 L'avantage et le sens d'autrui,
Tout sans pesance et sans anui ;
Et si vous di bien sanz doutance
Que moult font grande pénitance,

traient, comme il convient, quelque peu bienveillantes à qui les approchait. Car, si elles agissaient autrement, ce serait de leur part grande erreur.

Sur les nonnes de Cantimpré porta surtout l'enquête. Je répondis qu'elles servaient Notre-Seigneur, que leur don de patience était extrême, qu'elles avaient, à leur sens et pouvoir, grande vertu d'obéissance et qu'elles s'appliquaient, sans ennui ni chagrin, à vouloir l'avantage et la sagesse d'autrui.

Certes, dis-je, il ne faut point douter qu'elles ne

Teles i a moult coiement
85 Et tiennent bien en lor covent
Religion et chasteté,
Et sont pleines d'umilité
Et font aumosnes volentiers,
Et est lor services entiers
90 A Dieu, le Père droiturier.
Mès le covent font empirier
Teles i a par lor folies
Et par lor laides vilonies
Que les foles font coiement.
95 Ainsi est-il tout vraiement,
Avec les sages sont les foles,
Et semble aus faiz et aus paroles
Qu'eles aient à Dieu le cuer ;

fassent grande pénitence. Telles vivent sans bruit dans leur couvent qui observent parfaitement leur vœu de religion et de chasteté, faisant volontiers l'aumône et, en toute humilité, consacrant au Dieu de justice chacun de leurs instants. Mais telles autres font tort au couvent par leur déraison, par leur laide et grossière conduite, qui font les folles sans souci. Voilà la pleine vérité. Avec les sages sont les folles, dont les paroles et les actes feraient croire que leur cœur est à Dieu. Mais elles l'ont tellement pervers qu'elles se

6*

Et eles l'ont si rué puer,
100   Qu'eles se soillent en l'ordure
De lescherie et de luxure
Et des autres vilains péchiez
Dont toz li mons est entechiez.
De fors semblent Béguines estre
105   A lor semblant et à lor estre,
Et eles sont dedenz culuevres
Toutes pleines de males œvres.
De relegion ont l'abit,
Mès jà por ce n'auront abit
110   En paradis le gloriex,
Le saintisme, le préciex,
Où les bones seront pesées
Et avœc les sainz coronées.

souillent de toute joie impure et luxurieuse, et commettent volontiers tous autres péchés vils, dont le monde est infesté.

A leur air et maintien, on les croirait par le dehors de vraies béguines ; au dedans ce sont des couleuvres, toutes pleines d'œuvres mauvaises. De religion elles ont l'habit ; mais non pour cela devant elles s'ouvrira le glorieux paradis, précieux séjour de sainteté parfaite, où les âmes justes seront pesées pour être couronnées avec les bienheureux.

Quant cil teus noveles oïrent
115 Moult durement s'en esjoïrent.
Après me distrent tout errant;
« Va si tien ton chemin errant
Vers la meson Constriction,
Après querras Confession,
120 Et se tu pues ces.II.avoir
Tu porras bien de si savoir
Que, se foiz ne defaus en ti,
Ne t'i avons de rien menti,
Que droit en paradis iras,
125 Ne jà chemin n'i mariras :
Se vendras enz tout à souhait ».
Atant si furent no lit fait.
Si alâmes trestuit gésir ;

À l'ouïr de pareilles nouvelles, ce fut parfaite réjouissance. Et l'on me dit tout aussitôt : « Marche d'abord ton chemin droit vers la maison de Contrition; vers Confession tu t'en iras ensuite et, si tu peux les joindre toutes deux, tu sauras en toute certitude, à condition que la foi ne te manque, que nous ne t'aurons point menti. En paradis tu iras droit, sans aucune erreur de route, et tu pourras y pénétrer à ton souhait. »

Là dessus on dressa pour chacun notre lit, et nous allâmes nous y étendre; cette nuit là, je ne perdis point

Ne perdi mie mon dormir
130 Cele nuit, tant que vint au jor;
Donc ne fis mie lonc séjor,
Ainz pris congié, si m'en alai,
Et nos ostes tout sanz délai
Me convoia o sa compaigne,
135 Tant que je ving à la champaigne,
Qu'ils m'ont le droit chemin monstré,
Dont sont arrière ratorné,
Et je à Dieu les commandai :
Toz seus en mon chemin entrai.
140 Si com j'aloie cheminant
Regardai vers soleil couchant,
Et vi venir parmi .I. val

le sommeil et je dormis jusqu'au jour. Mon séjour
en ces lieux, d'ailleurs, ne fut pas long, et je pris congé
de mes hôtes. Sans retard, ils voulurent m'accompa-
gner, tant que j'atteignisse la campagne, pour mieux
m'enseigner la route droite; puis ils retournèrent en
arrière. Je les recommandai à Dieu, et j'entrai seul
dans mon chemin.

Comme j'allais faisant ma route (1), je regardai vers le
soleil couchant, et vis venir à travers un vallon Tenta-

(1) Cf. le premier chant de l'*Enfer* du Dante.

Temptation sor .I. cheval.
Là me gaitoit lez .I. boschet,
145 Lez .I. estroit sentier basset,
Por moi murdrir et estrangler;
De poor me covint tranbler
Quant vers moi le vi aprochier.
Elle commença à huchier :
150 « Mauvès couars, n'eschaperez :
En ma prison getez serez
Se ne fêtes ma volonté. »
Ne vous auroie hui aconté.
Les manaces qu'ele me fist,
155 Mès autre rien ne me mesfist.
Car je vous di bien sanz doutance
Qu'au secors me vint Espérance,

tion à cheval. Au détour d'un bosquet, près d'un sentier étroit et surbaissé, elle me guettait pour m'étrangler et faire périr. En la voyant approcher, je me mis à trembler de peur. En criant elle m'interpellait : « Méchant poltron, vous ne m'échapperez. Si vous ne faites à mon désir, je vais vous faire emprisonner. » Elle ne me fit point d'autre tort, et c'est pourquoi je vous raconte aujourd'hui les menaces qu'elle m'adressa.

En vérité, je vous le dis, l'Espérance vint à mon aide, qui m'apporta grand réconfort et me pourvut de

Qui tres bien me reconforta
Et grant hardement m'aporta.
160 Petit prisai mon anemi
Por le secors de mon ami,
Dont le regardai par desdaing ;
Et Espérance dist. « Compaing,
Ne doute rien Temptation.
165 Se tu as bone entencion,
Tu porras ta voie acomplir. »
Lors véissiez moult assouplir
Temptation par Coardie
Qui moult estoit devant hardie.
170 Si se trest arrière un petit,
Et je li ai maintenant dit :
— « Vassal, vassal fuiez de ci !

hardiesse. Grâce au secours qui m'advenait, je prisai peu mon ennemi et le considérai avec quelque dédain.

Espérance me dit : « Compagnon, de Tentation tu n'as rien à craindre. Si tes intentions sont pures, tu pourras accomplir ton voyage ». Il fallait voir comme Tentation s'assouplissait de couardise, elle qui se présentait si hardiment d'abord. La voici qui fait un pas en arrière et je lui dis incontinent : « Vassal, vassal, allez-vous en d'ici. Je ne suis pas en votre merci ! » Pensive

Ne sui pas en vostre merci. »
Et elle fu pensive et morne;
175 Toute honteuse s'en retorne
Et je luès me acheminai.
Onques puis d'aler ne finai
Et Espérance adès o moi,
S'éûmes encontrée Foi,
180 Qui ne nous greva ne nuisi,
Mès si très bien nous conduisi,
C'onques puis lessier ne nous vaut,
Ne par froidure ne par chaut.
Si nous ot conduit et mené
185 En la vile et en la cité
Où Contrictions demoroit;
Mès nus hom dire ne porroit

et morne elle devint, et je la vis s'en retourner toute honteuse.

Aussitôt je repris ma route, et je ne laissai de marcher, Espérance étant à mon flanc, jusqu'à ce que nous eûmes rencontré Foi. Elle ne nous nuisit d'aucun dommage; au contraire, elle nous fut un excellent guide, qui ne nous voulut abandonner, ni par le chaud ni par le froid, avant de nous avoir conduits et fait entrer dans la ville dont Contrition faisait sa résidence. Nul homme ne saurait dire le bien que nous trouvâmes là. Incon-

Les biens que nous iluec trovâmes.
En la sale nous herbregâmes
190   Avœc la dame de l'chastel,
Qui nous fist ostel bon et bel.
Je vous en dirai jà la voire.
Moult à mengier et moult à boire
Eûmes-nous en sa meson.
195   Seglous eûmes à foison ;
Angoisses et lermes beûmes,
De quoi moult grant plenté eûmes
Chaudes coranz aval la face.
Onques mès ne fui, que je sache,
200   Si aaisiez à mon talent ;
Onques ire ne mautalent
N'ot en l'ostel icele nuit,

tinent nous nous logeâmes chez la dame du château, qui nous offrit large hospitalité. Je vais vous en dire le fin mot. Nous eûmes en sa demeure copieuse boisson, chère abondante. Angoisses, larmes et sanglots nous furent versés à foison, qui gouttelaient tout chauds le long du visage. De ma vie, que je sache, il ne fut rien de si propice à mon désir. Cette nuit-là, en l'hôtellerie, il n'y eut dispute ni mauvais vouloir, ni rien qui nous pût tourmenter. Après souper, l'hôtesse, que j'avais assise à mon côté, me demanda ce que je venais

Ne riens nule qui nous anuit.
Après souper demanda l'ostes,
205 Cui je séoie lés les costes,
     Que je querroie en sa contrée,
     Et je li ai errant contée
     Toute l'achoison de ma voie ;
     Qu'en paradis aler devoie.
210 Quant ce a oï, moult li plot :
     Si respondi a .I. seul mot
     Qu'ele ne fu ainc mès si lie,
     Ne puet muer qu'ele ne rie,
     Et dist que bien me conduira
215 Et tel chemin m'enseignera
     Que je ne porrai pas faillir
     En paradis à parvenir.

chercher dans la contrée ; je lui dis tout aussitôt la raison de mon voyage et mon dessein d'aller en paradis. Cette révélation lui plut beaucoup. Sa réponse en un seul mot me fit connaître que jamais joie égale ne lui était venue. Elle ne pouvait bouger sans rire. Elle me dit alors qu'elle allait me conduire et m'enseigner un tel chemin que je ne pourrais faire autrement que d'arriver en paradis.

On prépara nos lits. L'oreiller qu'on me donna était fait de gémissements. Ma foi, dès que j'y eus posé la

Donc furent no lit apresté.
On m'a .I. oreiller presté
220 Qui fu fez de gémissement ;
Et si vous di bien par convent
Que puisque mon chief fu sus mis
Et je fui la nuit endormis,
Ainc jusqu'au jor je m'esveillai.
225 Quant il fu jors si me levai.
A m'ostesse congié requis,
Et si piteusement li dis
Qu'ele leva por moi matin,
Si m'enseigna le droit chemin
230 Por aler au chastel tout droit
Là où Confessions manoit
Qui s'amie ert et sa voisine,
Et si estoit pres sa cousine.

tête, je m'endormis pour toute la nuit et ne me réveillai que l'aube ne parût. Quand il fut jour, je me levai ; je pris congé de mon hôtesse et lui parlai de façon si attendrissante qu'elle se leva pour moi de bon matin, et m'enseigna la droite route par où me rendre sans détour au château de Confession, son amie et voisine, sa proche cousine également.

M'ayant bien mis dans le chemin, selon le dessein de Dieu, elle prend congé de moi et s'en retourne.

Quant ele m'ot acheminé
235 Ainsi que Diex l'ot destiné,
Congié prent à moi, si retorne,
Et je de tost aler m'atorne.
Mès n'oi alé c'une liuete
Par le trespas d'une vilete,
240 Si com j'estoie à grant esfort,
Trovai .I. chastel riche et fort,
Dont Confessions estoit dame,
Par qui on a sauvé mainte âme.
A cel chastel ving devant prime
245 Ainz que j'éusse alé la disme
D'une jornée, bien le sai.
Léenz Confession trovai,
Qui encontre moi se leva ;
Si me joï et acola.

Moi, je me dispose à marcher vite. Je n'avais guère
fait qu'une petite lieue, en traversant une petite ville,
quand, au plus fort de mon empressement, je décou-
vris un château riche et fort, dont Confession, recours
certain de plus d'une âme, était la châtelaine. J'atteignis ce château devant prime, et je n'avais point épuisé
la dixième partie du jour, je puis l'affirmer. J'y trouvai
Confession chez elle, qui se leva pour marcher à ma
rencontre ; joyeusement elle m'embrassa, et tout aussi-

250   Et fist tel feste sanz demor
      Qu'ainc mès ne vi si grant amor
      Fère à autrui qu'ele me fist.
      Tout maintenant en riant dist
      Que je fusse le bienvenuz;
255   Ainc mès ne fui si chier tenuz
      Que je fui là, bien le sachiez;
      Ne fui bontez ne desachiez,
      Mès moult besiez et acolez;
      Feste me firent de toz lez
260   Li habitant de la meson.
      Or escoutez une reson
      Que je vous dirai de l'ostel:
      Onques n'avoie veu de tel
      Si bel, ne si net, ne si riche.
265   Moult faisoient bien le service

tôt me festoya d'un tel accueil que jamais d'un pareil amour on ne la vit combler personne. Incontinent, dans un sourire, elle me souhaita la bienvenue; de ma vie je ne fus entouré de pareilles tendresses, il convient que vous l'appreniez. On ne me rebuta ni ne me repoussa; au contraire, je ne reçus qu'étreintes et baisers; les habitants de la maison me firent fête de tous côtés. Or, écoutez une réflexion que je veux faire sur l'hospitalité. Jamais je n'en trouvai de telle, si belle,

Confession cil qui servoient,
Quar le manoir si net tenoient
Deçà et delà, bas et haut,
Que nule netéez n'i faut,
270 Ne nule ordure n'i habite;
Il n'i a chambrette petite
Qui ne soit si bien ramonée
Que jà poudre n'i est trovée,
Ne suie avœc, ne aringnie,
275 Ne ledure, ne vilonie;
Ainz le par tient-on si très nete
Que jamès nis une podrete
Ne troveriez ne haut ne bas;
On i maint à moult grant solas.
280 Satisfactions i repère,
Qui bien set porvéir l'afère

si parfaite et si riche. Ceux qui servaient Confession admirablement s'acquittaient de leur office; car ils tenaient si soigneusement la demeure, de-ci, de-là, en bas, en haut, qu'il n'y manquait rien absolument et que nulle ordure n'y habitait. Il n'y a chambre si étroite qui ne soit purgée de toute poussière, ramonée de toute suie, araignée, souillure ou tache; elle est si bien nettoyée, qu'on ne saurait y découvrir, du pavé jusqu'aux solives, le moindre vestige de poudre. C'est

De la meson, et sans doutance
Avœc li maint Persévérance,
Qui mult l'i aide sagement,
285 Et sachiez bien certainement
Qu'ele est sa germaine suer ;
Ne l'i puet faillir a nul fuer.
Sanz ces .II., bien le puis jurer,
Ne puet Confessions durer,
290 Ne sanz Contriction ensamble
Revaut petit, si com moi samble.
Confessions luès apela
.I. sien garçon qui estoit là ;
Se li dist : « Va tost souspirer
295 Sanz corouz et sanz aïrer,
Por Contriction, si l'amaine,

un vrai plaisir d'y vivre. Satisfaction y séjourne, qui
excelle à mettre toutes choses en place dans la demeure ;
à coup sûr Persévérance réside avec elle pour l'aider
dans ce soin sagement ; car elle est, ne l'ignorez point,
sa sœur germaine. Elles ne lui fait défaut en quelque
tâche que ce soit. Sans elles deux, j'en fais le serment,
Confession ne saurait subsister, qui, sans l'appui de
Contrition vaut bien peu, à mon humble avis. Confession appela aussitôt l'un de ses garçons qui était là,
et lui dit : « Va t'en vite, sans colère ni violence, prier

De tot aler forment te paine ;
Ça l'amaine au souper anuit,
Tout erraument, ne li anuit. »

300 Et cil s'en cort plus que le pas ;
Si l'amena isnelle pas,
Et ele i vint moult volentiers.
N'estoit mie loins li sentiers
Qui duroit jusqu'à son manoir,

305 Où il fet moult plesant manoir.
Quant Contrictions fu venue,
Confessions, qui est sa drue,
Si par fist si très bele chière
C'onques mès en nule manière

310 Ne vi tel joie demener ;
Et luès me prist à acener

Contrition de venir ; amène-la ici. Efforce-toi de mar
cher prompt. Amène-la au souper de ce soir. Fais rapidement et sans retard.» Le gars se met à courir autant
qu'il a de jambes, et le voici qui ramène Contrition
d'un pas agile. Bien volontiers elle le suivit ; le sentier
n'était guère long qui conduisait à son manoir, plaisante
résidence. Quand Contrition fut venue, Confession,
qui est son amie, lui fit si bon visage que nulle part je
n'avais vu traiter ainsi personne. Lors Confession me
fait signe et me prend à l'écart, car elle ne se peut taire

Confessions à une part,
Qui fors des autres se départ,
Et ne se puet vers moi plus tère ;
315   Ainz demanda tout mon afère
Et ma vie de chief en chief
Que li déisse tout sanz grief,
Porquoi j'estoie là venuz
Et comment m'ère maintenuz
320   Por le monde, qu'est entechiez
De granz meffez et de péchiez,
Et je li ai tout descouvert,
Et mon corage si ouvert
Que ne li poi mieux aouvrir,
325   N'i remest riens à descouvrir,
Toute ma vie li contai,

plus longtemps par devers moi. Sur tout ce qui me concerne elle m'interrogea et voulut connaître ma vie de bout en bout. Il me fallut tout lui dire sans résistance, et le motif de ma visite et comment je m'étais comporté de par le monde, que tant de péchés et de méfaits viennent encombrer.

Et je lui ai tout découvert ; je lui ai ouvert mon cœur tout entier, comme il est impossible de mieux faire ; rien ne me reste à dévoiler. J'ai raconté toute ma vie ; il n'est point de péché que je n'aie dit sans

Onques nul péchié n'i lessai
Que ne déisse sanz demeure,
Et le lieu et le tens et l'eure
330 Et l'achoison, à mon pooir.
Moult me fesoit le cuer doloir
Li raconters des granz mesfez
Dont j'estoie vers Dieu mesfez,
Si en avoie moult grant honte;
335 Et quant j'oi de tout rendu conte
Et ma pensée descouverte,
Et ele fu si aouverte
Qu'ele le vit et connut toute;
Ne fu ne fèle ne estoute;
340 Mès doucement me conforta
Et de bien fère m'enorta,

réticence, avec le lieu, le temps et l'heure, et la raison,
autant que je pouvais. Certes, j'éprouvais quelque
amertume à raconter ainsi les grandes fautes dont
envers Dieu j'étais coupable, et j'en avais profonde
honte. Quand j'eus rendu compte de tout et bien dé-
voilé ma pensée, celle-ci à Confession apparut si claire
qu'elle la pénétra toute. Mais elle n'eut point de
cruauté ni d'insolence; très doucement elle me réconforta en m'exhortant de bien faire. Elle m'invita à la
revoir souvent, car il m'en adviendrait grand bien pour

Et me dist que sovent l'antaisse
Et sovent à li reperesse,
Si m'en porroit grant bien venir
345 Por à bone fin parvenir.
Et dist; « Amis, ne r'alez mie
Avœc la male compaignie
Des gloutons ni des lécheors,
Ni des entulles pechéors
350 Qui ne vuelent à bien entendre;
Mès on lor faura mult chier vendre
C'on les fera trestoz loier
Dedenz enfer por cel loier,
« Amis, si fète gent haez
255 N'a lor compaigne ne baez,
Et sachiez bien, ce est la somme,

le but que je poursuivais. « Ami, dit-elle, évitez de
retourner en mauvaise compagnie; fuyez les gloutons,
les jouisseurs, les fous qui ne veulent rien entendre.
ils le paieront cher à coup sûr, car on les enverra, pour
leur récompense, rôtir tous ensemble en enfer. Ami,
rejetez de telles gens et repoussez leur compagnie; il
n'est, en un mot, de bonne fréquentation que celle des
gens honnêtes. Si vous mettez tous vos efforts à servir
Dieu, vous serez sage et si vous exécutez ce ferme
propos, le repos du paradis sera votre salaire : que celui

Bone est compaigne de preudomme
Si metez trestoz vos usages
A Dieu servir, si serez sages ;
360 Et se bien tenez cest porpos,
Bien porrez avoir le repos
De paradis : cil nous i maint
Qui en la gloire de l'ciel maint ! »
Ainsi m'aprist et chastia,
365 Et après tantost s'escria
Qu'il est de souper tens et eure,
Et on lui respond sanz demeure
Que tuit li mez sont apresté.
La nuit fu l'en si bien festé
370 Léenz conques nus ne vit miex.
Souspirs et plainz plus douz que miex

qui règne en la gloire des cieux nous y conduise ».

Ainsi m'enseigna-t-elle et réprimanda ; puis s'écria, après quelques instants, qu'il était temps de se mettre à table. On lui répondit aussitôt que tous les mets du repas étaient prêts. Jamais je ne fis plus belle fête que celle qui, cette nuit, se déroula. Soupirs et plaintes plus doux que miel et angoisses de cœur si suaves que la bouche ne le peut redire, nous furent servis en si grande abondance que chacun en fut rassasié. Après sanglots et soupirs, nous eûmes des cris attendrissants

Et angoisses de cuer si douces
C'on ne l'porroit dire de bouches
A-on eu léenz assez
375   Si que chascuns en fu lassez ;
S'eûmes seglous et soupirs
Après ot-on piteus gémirs,
Et si but-on lermes plorées
Aval la face jus coulées,
380   Par la destrece del pechié
Dont on avoit Dieu coroucié.
Après mengier fut l'en aaise :
Léenz ne fu nus à malaise ;
De ce fu mult li ostes liez,
385   Et je me sui mult merveilliez
De ce qu'il ot si grant mesnie,
Qui mult estoit bien amesnie,
Quar les vertus estoient toutes

et pour boisson des larmes ruisselantes au long des joues et du visage, par la détresse du péché dont on avait courroucé Dieu. Après manger, l'on se sentit tout aise ; chacun éprouvait du bien-être, ce dont notre hôtesse fut toute réjouie.

Pour moi, j'étais tout étonné qu'il y eut là si nombreuse famille et si aimable ; les Vertus, en effet, étaient venues là par troupes pour souper chez notre

Léenz venues à granz routes
390   Por souper avœc notre ostesse
Qui de l'covent est abéesse.
Les vertus toutes m'onorèrent
Et de lor joiaus me donèrent,
Et firent tel feste de mi
395   Que en -I- an et en demi
Ne le porroie raconter ;
Anuis seroit de l'escouter.
Lors priai-je la compaignie,
Tout sanz orgueil et sanz folie,
400   Por Dieu l'on m'enseignast la voie
Où l'endemain aler devoie ;
Et l'ostesse plus n'atendi,
Tout maintenant me respondi :
« Tu t'en iras à Penéance ;

hôtesse, qui est l'abbesse du couvent. Les Vertus me firent toutes honneur ; elles m'offrirent de leurs joyaux et m'entourèrent d'un tel accueil que je passerais un an et demi sans en achever le récit. Ce serait ennui de m'entendre.

Au nom de Dieu, alors, j'implorai la compagnie, sans nul orgueil ni défaut de maintien, de m'enseigner la route que je devais suivre le lendemain. L'hôtesse ne me fit plus attendre. Incontinent elle me répondit :

405 Avœc ira Persévérance,
   Que bien la voie te dira
   Et sa maison t'enseignera ;
   Jà sanz li aler n'i sauroies,
   Quar pereilleuses sont les voies,
410 Vers sa maison et vers son estre;
   Et se tu i pooies estre
   Mult bien auroies esploitié,
   Plus auroies de la moitié
   De ta voie fète et finée. »
415 — « Ce soit à bone Destinée
   Dis-ge ; ce ert quant Dieu plera,
   Et il me le consentira. »
   Atant fist-on les lis huchier
   Si nous alâmes tuit couchier

« Tu t'en iras vers Pénitence, et de Persévérance accompagné pour t'indiquer la voie et t'enseigner la maison. Sans elle tu ne saurais aller; car les routes sont périlleuses, qui conduisent vers sa demeure. Si tu peux y parvenir, tu auras bien travaillé ; tu auras accompli plus de la moitié de ton voyage ». « Que le destin me soit propice ! dis-je. J'arriverai s'il plaît à Dieu et selon son consentement ».

Alors on fit l'appel des lits et nous allâmes nous coucher, pour dormir jusqu'au lendemain. Pour para-

420 Et dormir jusqu'au lendemain,
    Que je me levai sus mult main,
    Por par acomplir ma besoingne,
    Lors me souvint que je semoingne
    Persévérance qu'ele en viègne,
425 Et que compaignie me tiègne,
    Et ele est joianz et liée.
    Tout errant s'est apareilliée ;
    Mult volontiers avœc moi vint.
    Congié nous prîmes ; si avint
430 Que nous méismes au chemin
    Au point du jor assez matin.
    Dont me senti mult alegié ;
    Si oi le cuer joiant et lié,
    Quar je estoie si isniaus,

chever ma besogne, je me levai de grand matin. Il me
fallut mander Persévérance de s'en venir et de m'ac-
compagner, qui est joyeuse et toute allègre. Elle eût
tôt fait de s'apprêter. Très volontiers, elle vint avec moi.
Nous prîmes congé ; tant et si bien que dès le point du
jour nous étions déjà en chemin.

Je me sentais tout dispos, le cœur tout heureux
d'allégresse, tant j'étais agile et léger et pareil à un
oiseau, en comparaison d'autrefois, c'est-à-dire, soit
dit sans mensonge, avant que je fusse venu au château

435 Et si légiers comme uns oisiaus
El regart de ce que j'estoie,
Sachiez que pas n'en mentiroie,
Ains que venisse à la meson
De ma dame Confession ;

440 Lors en alons grant aléure ;
Ma compaingnese estoit séure,
Et le païs mult bien savoit,
Quar par iluec mené avoit
Mains preudommes à Pénéance,

445 Si i avoie grant fiance ;
Mès je vous di bien toutes voies
Que nous troviens plus dures voies
Qu'ainçois ne soloie trover.
C'est asive chose à prover,

de Confession. A grande allure nous allions, et ma compagne était sûre ; elle savait le pays par cœur, pour y avoir mené vers Pénitence nombreuse troupe de vaillants. Aussi j'avais en elle toute confiance. Toutefois il me faut vous dire que les chemins nous paraissaient plus durs que je n'avais coutume de les trouver. Voilà ce dont il faut faire l'épreuve, d'autant qu'il s'agit de la chair, et c'est le corps qui doit pâtir pour assurer à Pénitence la victoire et recueillir une gloire durable. Ayant enduré l'âpreté du siècle, c'est joie meilleure que

450 De tant com au cors apartient,
Quar le cors déservir covient
Par Pénéance la victoire
Dont il a pardurable gloire;
Et por ce qu'il sueffre l'asprece
455 De l'siècle, a-il grant léece
De paradis dont je dirai
En avant, quant je reviendrai,
Le grant solaz et le déduit,
Ou Diez nous maint par son conduit.
460 Or escoutez si grant merveille,
Onques n'oïstes sa pareille :
J'éusse fet bone jornée
Se sanz moi ne fust retornée
Persévérance par anuis,
465 Qui devoit estre mes conduis;
Mès durement me meschéi

d'arriver au paradis, dont je dirai a mon retour la
douceur et le réconfort ; Dieu veuille un jour nous y
conduire ! Or, écoutez cette grande merveille ; jamais
pareille vous n'entendîtes. J'eusse fait excellent voyage,
si, contrariée, Persévérance ne s'en fût retournée sans
moi, elle qui devait être mon guide, Ah ! je réussis
bien mal et je fus pris de rude peine, quand j'aperçus
une grande vallée large et profonde. Une grande rivière

Et de ce en paine chéi
Que je vi une grant valée,
Qui mult estoit parfonde et lée.
470   Une granz rivière i coroit
Et par encoste prez avoit.
La vi foule de soteriaus
Qui juoient aus tumberiaus.
Lors commençai à arester
475   Por eus veoir et esgarder
Et por ce qu'en els vi plesance,
Me vint après si grant nuissance
Que je perdi ma compaignie,
Qui s'en retourna toute irie,
480   Por ce que sos lesai la voie
Où sagement aler devoie.
Le grant valée c'est cis mondes,

y coulait, avec des prés au long des bords. J'y vu foule de baladins qui jouaient au tambour de basque. Je m'arrêtai, prenant plaisir à les considérer. Mais il m'en advint grand dommage ; car c'est ainsi que je perdis ma compagne qui, me voyant abandonner la voie où je devais marcher sagement, tourna le dos tout irritée.

La grande vallée n'est autre que ce monde, qui de péchés n'est guère net et pur, mais au contraire en est souillé.

Qui n'est de péchiez nés, ne mondes,
Ains en est mult soilliez et ors :
485 Bon se fet du tout metre hors.
Si pré qui sont lez la rivière
Qui est coranz et rade et fière,
Ce sont les granz possessions
Et les perrines mansions
490 Où les gens de cest mont abitent,
Qui ès richoises se délitent ;
El la granz rivière coranz,
Qui n'est croie ni demoranz,
Ce est de l'monde li déduis
495 Par qoi mains preudons est souduis.
Vanitez sont li soterel
Et huidives li tumberel

Mieux vaut en sortir tout à fait. Les prés qui bordent
la rivière, au courant sauvage et rapide, ce sont les
grandes possessions et les demeures de pierre, où les
gens de ce monde habitent, à travers la joie des
richesses.

En la grande et prompte rivière, qui n'est tardive ni
lente, réside le plaisir du monde, dont maint vaillant
homme se laisse séduire.

Les baladins ce sont les vanités, et les faiseurs de
culbutes que l'on admire volontiers bouche béante, ce

Où l'on bée mult volentiers,
Et lues est perduz li sentiers
500 D'aler à Pénéance droite :
Longue i est la voie et estroite,
Si se covient mult bien garder
Qui sagement i veut aler :
Sens nous en otroit Dieu le père !
505 Or revendrai à ma matère.
Quand j'oi iluec un pou baé
Et lor reviaus mult agraé,
De fi regardai entor mi.
Ma compaingnesse pas ne vi ;
510 Si fui mult forment esbahis
Et bien cuidai estre trahis,
Quar adont ne soi où je fui,
Si me torna à grant anui ;

sont les heures d'oisiveté. Voilà comme on perd le sentier qui doit conduire à Pénitence. Longue est la route et bien étroite ; il ne faut point s'en écarter, si l'on veut sagement arriver au but ; Dieu veuille nous en donner le sens ! Je retourne à mon sujet. Quand j'eus béé quelque temps en ce lieu et pris plaisir aux divertissements, je regardai à mon entour. De compagne n'en trouvai point; j'en fus très vivement surpris et je crus à la trahison, ne sachant plus même où

Ne vi ne voie ne sentier,
515 Où me péusse radrecier;
Si com j'aloie probéant
Et la valée costoiant
Savoir se nului troveroie
Qui me rassenast à ma voie,
520 De loing vi venir une torbe
De larrons qui mult me destorbe.
Vers moi venoient chevauchant
Et lor chevaus esperonnant:
Iluec m'avoient espié
525 Et en cel val contreguetié
Por moi estrangler et murdrir.
Lors getai .I. parfont souspir,
Et sachiez que j'oi grant paor;

j'étais. J'en éprouvai un grand tourment, ne voyant ni sentier ni route où je pusse me diriger. Comme j'allais les yeux en l'air, en côtoyant la vallée, pour tacher de trouver quelqu'un qui me renseigne sur la route, je vis venir de loin une troupe de larrons dont je fus troublé.

Ils venaient à cheval vers moi, en éperonnant leurs montures. Ils m'avaient guetté en ce lieu, par le vallon épiant mon passage, pour m'étrangler et faire mourir. Je poussai un soupir profond et j'éprouvai, sachez-le

Et fui mis en mult grant fréor,
530 Quant vi venir mes anemis,
    Qui s'estoient ensamble mis
    Por moi escillier et destruire ;
    Et ce me repot assez nuire
    Que je noi parent ne ami
535 Qui iluec fussent avœc mi
    Por moi secorre ne aidier.
    Vers moi tout droit a souhaidier
    Ce sont li larrons arouté
    Que j'ai mult durement douté.
540 Temptacions les amenoit ;
    La banière en sa main tenoit,
    Et Vaine Gloire sa compaigne
    Se relessoit par la champaigne.

bien, vive frayeur. En voyant venir mes ennemis qui s'élançaient tous ensemble, pour me déchirer et détruire, une épouvante me saisit ; et je regrettais en moi-même de n'avoir avec moi ni amis ni parents capables de m'aider et secourir. Vers moi tout droit voici venir, tout d'une troupe, les larrons dont j'eus si peur.

Tentation les amenait ; sa main brandissaient la bannière, et Vaine Gloire sa compagne, par la campagne se promenait. Derrière venait Orgueil le farouche, le

Après venoit Orgueilz li fiers
545 Qui de la route estoit li tiers ;
Envie i estoit et Haïne,
Et Avarisce la roïne,
Après venoit chevauchant Ire,
Qui toute la compaigne empire ;
550 Si venoit Fornications
Pour conforter ses compagnons,
Et tant d'autres, n'en sai le conte,
Por moi lédir et fère honte.
Desespérances les sivoit
555 Qui l'arrière-garde fesoit.
Entr'eus me vont avironnant
Et de toutes parz encloant ;
Lors fui plus esmaiez que nus.

troisiéme de la bande. Envie et Haine les accompagnaient, avec la reine Avarice. Colère à cheval les suivait, qui fait tort à toute la troupe ; puis venait Fornication, pour le réconfort de tous, et tant d'autres encore, dont je ne sais le compte, pour ma honte et ma laideur.

Désespérance les suivait, qui composait l'arrière garde. Au milieu d'eux ils m'enveloppent et m'enferment de toutes parts. Nul plus que moi ne fut découragé. Si j'étais tombé dans leurs mains, j'eusse été pris

Jà fusse pris et retenus,
560 Ou navrez à mort, c'est du mains,
Se chéuz fusse entre lor mains.
Mès Diex-I-secors m'envoia
Que mon corage r'avoia
A hardement et à proece.
565 Espérance par une adrece
Venoit, et après le sivoit
Granz pueples qui me secoroit.
En sa main tenoit la banière
De la compaigne qu'est tant fière
570 Quelle ne doute roi ne conte.
Or entendez-I-poi au conte :
Si orrez quels gens là venoient
Qui au besoing me secoroient.
Fois i venoit de randonée,

et blessé à mort pour le moins. Mais Dieu, pour remettre mon cœur en route vers la vaillance et la prouesse, m'envoya son aide. Espérance en bonne direction s'en venait, tôt suivie d'une grande armée de secours. Elle tenait en main la bannière de cette troupe assez vaillante pour ne craindre aucun roi ni prince. Oyez donc le sens du récit ; vous allez savoir quelles étaient les gens qui venaient ainsi me tirer de peine.

Impétueusement accouraient dame Foi, et la sage

575 Et Humilitez la senée,
    Et sa cousine Obédience
    Qui plaine est de granz sapience.
    Après cesti vint Charitez,
    Si hardie qu'en-ij-citez
580 Ne troveroit-on sa pareille :
    De bien combattre s'apareille.
    Atemprance revint après
    Et Chastéez le suit de près,
    Et des autres i a teus routes
585 Ne s'auroie hui nommées toutes.
    Apoingnant viennent de randon
    Et se vuelent metre à bandon
    For moi secorre en la bataille ;
    Je ne cuit mie qu'ele faille

Humilité, et sa cousine Obéissance qui de grande science est pleine. Derrière elle vint Charité, si vaillante qu'en deux cités on ne trouverait sa pareille. A bien combattre elle s'apprête.

Tempérance vint ensuite, tôt suivie de Chasteté, et des autres il y avait de telles troupes que je ne saurais les nommer.

Piquant droit viennent d'élan, et se mettent à mon désir pour me secourir dans la lutte. Le succès ne peut échapper : comment serais-je mieux appuyé ? Certes, la

590 Qu'iroie-je hui més contant
  Ne le conte plus aloingnant?
  Li nostre les lor abatirent,
  Tant les froussièrent et battirent,
  Qu'à merci les firent venir.
595 Onques ne se porent tenir.
  Li lor aus nostres en l'estor
  Enfuis se tornent sanz retor.
  Et je fui mult liez et joianz
  Quant de l'estor les vi fuianz;
6co Et nostre gent s'en repèrièrent,
  Estraiez et seul me lessièrent,
  Fors tant seulement Espérance,
  En qui j'avoie grant fiance,
  Qui me réconforta si bien
605 Que je ne m'esmaiai de rien;

délivrance est proche. Les nôtres abattirent les leurs et les affrontèrent si bien qu'ils les firent venir à merci. Dans le combat les leurs ne purent tenir contre les nôtres et sans retour se mirent en fuite. Grande allégresse j'éprouvai quand je les vis abandonner la lutte. Nos gens alors s'en retournèrent, me laissant seul et rompu de fatigue. Mais Espérance demeura, en qui j'avais mis ma confiance, et qui me ranima si bien que mon abattement fut guéri. Je retournai vers Confession;

Mes à Confession r'alai,
Ma meschéance li contai
Et ele me remist à point ;
De mauvestié n'a en li point :
610 Persévérance rapela,
Et si li dist et commanda
Qu'à Pénéance me ramaint,
Entor qui main preudom ramaint ;
Et ele volentiers le fist :
615 Onques por ce pis ne me fist.
Tout errant nous racheminâmes ;
Onques puis d'errer ne finâmes.
Si venîmes droit au repère
De Penéance sans retrère ;
620 La voie i est estroite et sûre ;
Cil se metent en aventure,

je lui contai ma malechance et elle me remit à point.
Nulle rancune n'habite en elle. Elle rappela Persévérance
et lui donna l'ordre aussitôt de me conduire à Pénitence, qui est le recours de maint vaillant homme. Et
elle le fit volontiers, sans pour cela me traiter pis.

Tout aussitôt nous nous remîmes en route, et nous
ne cessâmes point de marcher tant que nous atteignîmes,
sans aucun retour en arrière, la retraite de Pénitence.
La voie y est étroite et âpre ; c'est se mettre en male

Qui iront, s'il n'ont bon conduit,
Ou de la voie ne sont duit.
Quand Pénéance m'esgarda,
625   Sachiez que petit se tarda
De moi demander qui j'estoie
Et de quel païs je venoie.
Ge li dis sanz nule folie :
« Dame je suis de Picardie,
630   Si vieng-je de Confession. »
Et ele dit sanz achoison
Que je fusse li bien viegnanz
Et qu'ele estoit ma bien voillanz,
Et que bien me herbregeroit
635   Et de moi grant feste feroit,
Si je voloie remanoir

aventure que d'y aller sans un bon guide ou sans être
bien renseigné.

    Quand Pénitence jeta les yeux sur moi, elle tarda bien
un moment à me demander qui j'étais et de quel pays
je venais. Je lui répondis raisonnablement : « Dame,
je suis de Picardie et je viens de chez Confession. »
Elle me dit sans tergiverser que je sois le bienvenu près
d'elle et qu'elle me voulait du bien, qu'elle m'héber-
gerait de son mieux et que je serais festoyé, si je voulais faire séjour en son manoir et profiter de son hospi-

En son ostel n'en son manoir.
Et je dis que j'ère envoiez
A li por bien estre avoiez
640 D'aler en paradis amont,
Et ele me prie et semont
Que je le face liement,
Qu'ele m'enseignera briefment.
Les adreces et les passages
645 Par où g'ère se je sui sages
Tantost en paradis alez ;
Et je me suis assis delez
Li maintenant por escouter,
Et ele me dist que monter
650 Par une eschiele me covient
Qui jusqu'en paradis avient.
C'et l'eschiele que Jacob vit,

talité. Et je lui dis être renvoyé vers elle pour être mis
dans la bonne route qui mène en paradis là-haut. Lors
elle me prie et recommande de me comporter gaîment ;
elle va m'enseigner, dit-elle, la direction que je dois
prendre et les passages à traverser pour arriver en paradis,
si je sais demeurer sage. Et je me suis assis près d'elle
à ce moment pour écouter. Et elle m'a dit que je devais
monter par une échelle qui atteint jusqu'au paradis.
C'est l'échelle que vit Jacob et dont l'Ecriture a dit

8*

De qui en l'Escripture a dit
Que par là li angle montoient
655   En paradis et descendoient,
Çà jus, ès moustiers, ès esglises
Où l'on sert Dieu tout sanz faintises.
Là prendroient les oroisons
Des justes ; sanz arestoisons
660   Les portoient en paradis
Où tu veus aler par avis.
« Ceste eschiele a-viij-eschaillons.
Je ne vueil mie que faillons
Au bien dire n'au bien conter.
665   Sor chascun te covient monter
Si tu veux aler sagement ;
Et se tu ne l'fez ensement
Tu porras bien si trébuchier

que par là montaient les anges jusques au ciel, et descendaient dans les moûtiers et les églises ici-bas où l'on s'empresse à servir Dieu. Là ils prendront les oraisons des justes et sans retard les porteront au paradis que tu parais convoîter. Cette échelle a huit échelons. En ce récit je ne veux rien omettre ni de rien faillir ; sur chaque échelon il te faudra monter si tu veux aller sagement. Faute d'en agir ainsi, tu pourras fort bien trébucher et tu le paierais fort cher.

Que tu le comperras mult chier.
670 — « Li premiers ce est foiz en Dieu,
Qu'en lui dois croire de cuer pieu
Et ses commandemanz garder
Hardiement sans couarder ;
Si auras l'eschaillon premier.
675 Bien te sai dire et enseignier
Que se tu crois en sorcerie,
En charme ne en charaudie,
Ne en autre chose ensement,
Fors en Dieu trestout seulement,
680 Jà l'eschiele ne monteras
Ne en paradis n'enterras.
Li secons est vertuz en œvre,
Et cuer et cors trestout aoevre

Le premier échelon se nomme foi en Dieu. En lui
de cœur pieux tu dois croire et garder ses commande-
ments, vaillamment, sans couardise ; alors tu pourras
gravir ce degré.

Mais retiens mon enseignement : si tu crois aux
sortilèges, aux charmes et aux causes magiques ou à
quoi que ce soit de ce genre, hormis en Dieu seul tout à
fait, tu ne monteras point l'échelle et n'entreras en
paradis.

Le second est vertu en œuvre. De cœur et de corps

En Dieu de grant vigor servir.
685 En ce porras bien deservir
Que l'eschaillon secont auras ;
Et se tu pereçant i vas
Tu i porras mult bien faillir ;
Si te covendra jus saillir,
690 En tel manière et en tel point
Que jamès n'i vendras à point.
« Li tiers est science en vertu.
Sages dois estre, ce fez-tu ?
De Dieu servir bien t'en efforce
695 Et sagement i met ta force ;
Si n'eres mie folz clamez,
Ains seras mult de li amez,
Et se tu le sers par folie
Bien est resons que je te die

tu t'appliqueras à servir Dieu de toutes tes forces, alors tu pourras mériter d'avoir le deuxième échelon. Mais si tu y vas mollement, tu pourras fort bien faillir. Tu feras un saut par en bas, de telle sorte que tu n'atteindras jamais ton but.

Le troisième est science en vertu. Sage tu dois être, le sais-tu ? Efforce-toi de bien servir Dieu, mets-y ton savoir et ton énergie ; et si tu n'es fol avéré, tu obtiendras ainsi tout son amour.

700 Que de monter por nient te paines ;
  Tu i pers tout travaus et paines.
  Se l'eschiele en folie montes,
  Il t'en avendra si granz hontes
  Que tu aval trébucheras
705 En si ort leu que tu purras.
  « Li quars est sens en abstinence.
  De toi abstenir ainsi pensse
  Que Deix i ait honor et part :
  Si monteras l'eschaillon quart ;
710 Et s'a mal fère adès t'eslesses
  Et ton désir por Dieu ne lesses
  Soit en veillier ou en juner
  En fère aumoines, en doner,
  L'eschaillon quart porras bien perdre,

Mais si tu le sers par folie, prends bien garde à mes paroles, tu perds ta peine à prétendre monter. Si en folie tu veux gravir l'échelle, il t'en viendra si grande honte que tu trébucheras en bas dans le plus sale endroit possible.

Le quatrième est sens en abstinence. Chaque fois que tu t'abstiendras, aie soin que Dieu y ait honneur et part ; ainsi tu graviras le quatrième degré. Mais si un jour tu t'abandonnes à mal agir et si, pour la gloire de Dieu, tu ne renonces à ton désir en veillant et jeûnant,

715 Ne jà ne t'i porras aerdre.
   « Li quins eschaillons, par verté,
   C'est que tu aies piété
   En abstinence que tu fez,
   Et saches bien que tu mesfez
720 Se tu n'as piété d'autrui,
   Quant tu li voiz avoir anui,
   Et por ce lo se tu t'abstiens
   Que dones de ce que tu tiens
   A ceus que tu sez besoingneus ;
725 Et se tu es de ce soingneus ;
   Que d'autrui bien soies aaise
   Et d'autrui mal aies mesaise,
   Cet eschaillon monteras bien ;
   Jà n'i faudras por nule rien.

en faisant des aumônes, des présents, tu pourras bien perdre ce quatrième échelon et ne t'y ragripperas point.

Le cinquième échelon, c'est que tu aies pitié dans ton renoncement ; n'oublie pas que c'est mal agir que de n'avoir pitié d'autrui, quand on lui voit du tourment. C'est pourquoi, si tu t'abstiens, que ce soit pour donner de ce que tu possèdes à ceux que tu sais besogneux.

Si tu prends bien garde à cela ; si la joie d'autrui te contente, et son malaise te peine, tu graviras fort bien cet échelon ; rien ne saurait t'en empêcher.

730 « Li sisièmes, ce te vueil dire,
    C'est que tu aies tout sanz ire
    Pascience en la pieté ;
    Et se tu rens par cruauté
    Mal por mal à la male gent,
735 Qui n'ont conseil ne bel ne gent,
    Ainz font volentiers autrui mal,
    Par qoi vont trébuchant el val
    D'enfer, ce n'est mie savoirs,
    Saches de fi que c'est li voirs :
740 On ne te saura jà tant viste
    Que tu montes l'eschaillon siste.
    « Or entent quels est li septimes :
    Mult est préciex et saintimes,
    Aprochier fet à Dieu le Père.

Le sixième, je te vais dire tout ce qu'il signifie. C'est que tu sois dépourvu de colère ; c'est que tu sois patient dans ta piété.

Si tu rends par cruauté mal pour mal aux méchants que nul bon conseil ne redresse, mais qui nuisent volontiers aux autres, jusqu'à trébucher au vallon d'enfer, ce n'est guère être sage. Sache pourtant où est la vérité : on ne te croira pas si alerte que tu puisses monter le sixième échelon.

Ecoute maintenant quel est le septième ; il est très

745   C'est que t'aies amor de frère
        En toi avœc la pascience.
        Mult averas vraie science,
        Se tu aimes Dieu plus que toi ;
        Et tes proismes, de ce me croi,
750   Dois-tu amer autant que ti.
        Je ne t'i ai de rien menti :
        Mès se tu fez ce que j'ai dit
        Tu porras mult bien sanz respit
        Le septisme eschaillon avoir
755   Et monter sus sanz decevoir.
        « Or te vueil l'uitisme nommer
        Por l'eschiele par assommer,
        Et saches bien se sus cestui

saint et précieux ; il fait approcher vers Dieu le Père.
C'est que tu aies amour de frère en toi avec la patience.
Tu acquerras la sience véritable, si tu aimes Dieu plus
que toi-même.

Quant à tes proches, crois m'en bien, tu dois les
aimer comme toi.

Il n'y a là nulle supercherie. Si tu fais bien ce que
j'ai dit, tu parviendras sans déception et sans retard à
gravir le septième échelon.

Je te veux maintenant nommer le huitième, grâce
auquel tu dois parvenir au sommet. Si tu atteins celui-

Près monter que tout sanz anui
760 Ta besoingne forment aproismes :
C'est qu'avœc l'amor de tes proismes
Aies en toi charité vraie
Qui l'a en lui petit s'esmaie ;
Quar en Dieu maint et Diex en lui,
765 De ce séurs et certains sui.
Or fai donc qu'aies charité
En l'amor de fraternité.
Ci auras l'eschiele furnie
Et ta besoingne est accomplie.
770 Aprens, entruès qu'il m'en souvient,
Quels compaignons il te covient
Qui compaignie te tendront,
Et la voie t'enseigneront

là sans encombre, sache-le bien, ta besogne touche à
sa fin. Avec l'amour de tes proches, aies donc en toi
charité vraie ; car qui n'en possède qu'un peu, se
décourage. L'ayant, Dieu sera en toi, tu seras en lui ;
voilà ce dont je suis certain et sûr. Fais donc en sorte
que la charité habite en ton amour de frère ; lors tu
auras gravi l'échelle et bien accompli ta tache.

Apprends aussi, pendant qu'il m'en souvient, quels
compagnons tu dois choisir pour te garder compagnie
et t'enseigner le chemin, tout droit là-haut vers

Por droit amont l'eschiele aler
775 Sanz trébuchier et avaler :
Veiller, juner, aumosne faire,
Deschaus aler et vestir haire,
Fuir vanitez et huidives
Et fère œvres douces et pives,
780 Et de toz péchiés abstenir,
Et el service Dieu tenir.
Tout ce te covient-il savoir.
Se tu veus ouvrer par savoir.
Or te pensse de l'esploitier
785 Et de ta besoingue coitier ;
N'i dois querre delai ne fuite,
Mès haster ainçois qu'il anuite,
C'est-à-dire ainz que la mort viegne.

l'échelle, sans trébucher ni redescendre. Veiller, jeûner, faire l'aumône, aller pieds nus, vêtir la bure, fuir les vanités et leur vide, faire œuvres pies et de bonté, s'abstenir de tout péché, garder le service de Dieu, voilà ce que tu dois savoir, si tu veux agir en sagesse.

Songe à presser la besogne et à la bien exécuter. Tu n'as point de délais à prendre ; hâte-toi avant qu'il soit nuit, c'est-à-dire avant que la mort vienne. Souviens-toi de la tâche que tu dois accomplir. Je ne puis mieux te sermonner ni te donner meilleur conseil.

De ta besoingue te soviegne :
790 Je ne te sai miex sermoner
Ne nul meillor conseil doner. »
Et je, qui estoie en désir
De souper et d'aler gésir,
Je Li respondi que je feroie
795 Son conseil au miex que porroie.
Lors furent li mès apresté ;
De ce que Diex lor ot presté
Ot-on leenz à grant foison,
Si que tuit cil de la meson
800 Mengièrent à leur volenté,
Et si burent à grant plenté
De tel boivre qu'il lor covint.
Et tout errant après ce vint
Tens de couchier ; si nous couchâmes,

Et moi qui avais désir de manger et de me coucher,
je lui répondis que j'exécuterais son conseil de tout
mon possible. Lors on prépara les mets : grâce au
prêt que Dieu leur fit, on eut de tout à foison, et
tous ceux de la maisonnée purent manger à leur souhait et goûter en abondance la boisson qui leur con
vint. Et tout de suite après ce fut l'heure d'aller se
coucher : nous nous couchâmes ; nous dormîmes et
prîmes du repos jusqu'au matin avec grande douceur.

805 Si dormîmes et reposâmes
Jusqu'au matin par grant solas,
Et je, qui avoie esté las,
Fui au matin bien reposez :
Si fui et hardiz et osez
810 De lever matin droit au jor,
Et ne fis mie lonc séjor,
Mès à m'ostesse congié pris,
Oncques de mal ne le requis,
Mès au vrai Dieu la commendai,
815 Et au partir li demandai,
Se l'eschiele montée avoie,
De quele part je me tendroie,
A destre part ou a senestre ;
Et ele m'enseigna tout l'estre
820 Que devers destre me tenisse,
Desi adont que je venisse

Et moi qui la veille étais fatigué, je me trouvai dès l'aube
tout dispos. Aussi je me risquai d'audace à me lever
au point du jour. Je ne m'attardai guère. De mon
hôtesse je pris congé et ne la requis d'aucun mal ;
mais au vrai Dieu je la recommandai. A mon départ,
je la priai de me dire de quel côté j'aurais à me tourner,
soit à gauche, soit à droite, dès que j'aurais gravi
l'échelle. Elle m'enseigna le nécessaire et que j'eusse à

A désirrier la parfongié,
A itant me dona congié ;
Si entrai tantost en la voie
825 Là par où je aler devoie.
Lors m'acompaignai à Vigor ;
De moi le fis mestre et seignor
Puisqu'à lui fui acompagniez ;
Ainz chemins n'i fu espargniez,
830 Mès d'aler forment m'esploitai
Et ma besoingne mult coitai ;
Et Diex, qui péchéors radrece,
Me mist en une corte adrece,
Si qu'en mon droit chemin errant
835 Trovai l'eschiele tout errant
Par où je devoie monter.

garder la droite jusqu'à ce qu'en vinsse au suprême accomplissement. Là-dessus elle me donna congé, et j'entrai dans la route que je devais poursuivre. Je pris pour compagnon Courage et je le fis de moi maître et seigneur, après qu'il se fût joint à moi. On n'épargna point le trajet et je me mis en devoir de marcher le plus vite possible ; ainsi ma tâche fut hâtée. Dieu, qui aide les pécheurs à se retrouver, me fit passer par le plus court et bientôt je trouvai au bout de mon chemin l'échelle où je devais monter. Ah ! je ne saurais vous

Ne vous porroie raconter
Le grant déduit ne la grant joie
Que j'oi iluec emmi la voie.
840 Car cil qui l'eschiele gardèrent
De si loin comme il m'esgardèrent
Me distrent : « Sire, bien viegniez. »
Bien apris et bien enseigniez
Les trovai toz à icele eure,
845 Et je perçui lués sans demeure,
Que i estoient li bacheler
Que Pénéance sans celer
M'avoit nommé en sa maison,
Et endité tout par reson
850 Que je à els m'acompaignaisse
Et compaignie lor portaisse ;

raconter la joie et le contentement que je goûtai à ce
point du voyage.

Ceux qui avaient la garde de l'échelle, du plus loin
qu'ils m'aperçurent, me dirent : « Sire, soyez le bienvenu ! » Bien appris et bien enseignés je les trouvai
tous à cette heure, et je compris tout aussitôt que c'é-
taient-là les bacheliers dont Pénitence ouvertement
m'avait donné les noms chez elle, en me recomandant,
avec bonnes raisons, de les prendre en ma compagnie
sans me séparer d'eux. Elle m'avait dit que c'était

Et me dist que mestiers m'estoit.
Juners et Veilliers i estoit
Et tuit cil de lor compaignie,
855 Où il n'a point de vilonie ;
Et je fis tout errant por eus
Sans boisdie .I. ris amoreus,
Et si lors requis et priai,
Et envers aus m'umiliai,
860 Que il me séissent aïe,
Por Jhésu-Crist, le fil Marie,
Tant que je fusse amont montez ;
Et il me firent granz bontez,
Quar ils m'aidièrent volentiers,
865 Et me dist chascuns que entiers
Me seroit et loiaus aidière,

nécessaire. Veille et Jeûne étaient là tous deux avec tous ceux de leur troupe d'où toute bassesse est absente. Je leur adressai tout de suite, sans aucune hypocrisie, un sourire affectueux. Je leur fis requête et prière ; je m'humiliai devant eux, afin qu'ils me prêtent secours, au nom de Jésus, fils de Marie, tant que j'eusse gravi là-haut. Ils me traitèrent avec une grande bonté et très volontiers me donnèrent de l'aide. Chacun m'assura qu'il serait mon parfait et loyal auxiliaire ; tous me promirent de me conduire tout droit là-haut le plus

Et ~i me firent ma proière
Qu'il me menèrent droit amont
Le plus isnelement de l'mont.
870 Par eus l'eschiele ainsi montai,
Qu'ainc eschaillon n'i m'escontai,
Ainz m'en alai amont si droit
Que nus miex voie n'i tendroit.
Et quand j'oi l'eschiele montée,
875 En une plaigne grant et lée
Entrai qui mult est délitable.
Ne tenez pas mon dit à fable,
Qu'ainc plus biau leu véu n'avoie.
Avant alai; si ting ma voie
880 A destre, ainsi comme ot rové.
Si ai lués Désirrier trové,

rapidement du monde. Grâce à eux je gravis l'échelle, sans faire erreur d'aucun échelon et j'allait si droit à mon but, qu'on ne saurait s'y diriger par un meilleur chemin.

Et lorsque j'eus gravi l'échelle, je pénétrai dans une plaine grande et large et délectable infiniment.

Ne croyez pas que ce récit soit une fable. De ma vie je n'avais vu si bel endroit. Je marchai plus avant, gardant ma droite ainsi qu'il m'était prescrit. Bientôt je rencontrai Désir qui m'acceuillit si joyeusement qu'une

Qui si grant joie fist de mi
Qui en .I. jor et en demi
Ne le vous porroit-on pas dire.
885 Iluec tout droit enmi le pire
Estoit sa meson et son mez :
Mult i avoit longuement mez.
Car i estoit droite Montjoie
De Paradis. Qu'en mentiroie ?
890 En paradis droit me mena
Désirriers, qui mult se pena
De moi avancier et aidier ;
Tout aussi comme à souhaidier,
Alai tout droit en paradis.
895 Quant enz fui, si me fus avis
Que je sui si de l'tout aaise

journée et demie ne me suffirait pas pour vous en faire
le détail. En face, là-bas, dans l'étendue, était sa maison et sa résidence ; il s'y était longuement installé ;
car là était précisement Montjoie de paradis. Dieu me
garde d'errer ! Désir me conduisit tout droit au paradis,
et il se donna grand peine pour m'aider dans mon
avancée. Tout à souhait, incontinent, je me dirigeai
vers la porte. Dès que je fus entré, un tel contentement m'emplit qu'il me sembla n'avoir jamais éprouvé
de malaise et que je perdis la mémoire de toute peine.

C'onques n'eusse éu mésaise,
Ne ainc d'anui n'i oi mémoire
Léenz trovai le Roi de gloire,
900 Et Sainte Marie sa mère
A cui il est et fils et père,
Et des angles la compaignie,
De si grant joie raemplie
Que trop seroie à dire grief :
905 Jà nus hom n'en vendroit à chief.
Léenz vi Saint Jehan Baptiste
Et saint Jehan l'évangéliste;
Avœc sont apostre et martir,
Et li confez sanz départir,
910 Les virges et li autre saint.
Des Frères Menus i ot maint
Et des Jacobins ensement

Là je trouvai le Roi de toute gloire et sa mère Sainte Marie, dont il est le fils et le père ; là je trouvai la compagnie des anges de si grande joie remplie, que ce n'est pas possible à dire : nul homme n'en serait capable,

Là je vis saint Jean-Baptiste et l'évangéliste saint Jean. Avec eux sont les martyrs et les apôtres et les disciples qu'on ne sépare point, les vierges et les autres saints. Les Frères mineurs étaient nombreux et les Jaco-

Qui voient Dieu visablement.
Des Frères de la Trinité
915 Et de Cistiaus par vérité,
Et des autres religions,
Et gens de maintes nascions
I avoit-il à grant plenté,
Qui trestuit ont lor volenté.
920 Nonains i vi mult et noirs moines
Et avœques ringlez chanoines.
Vraies Béguines et hermite
Sont leenz de mult grant mérite,
Si i vi mult e clercs et prestres
925 A cui plesoit forment li estres.
Si i vi tant et rois et contes
Que je n'en sai venir à contes,

bins également, qui ont le don de voir Dieu en personne. Il y avait aussi des Cisterciens, des moines de toutes règles, des gens de maintes nations. Il y en avait en grand nombre, et chacun tient à sa méthode.

J'y vis force nonnains et moines noirs, avec des chanoines soumis à la règle ; j'y vis de vraies béguines et de réels ermites. Leur mérite est incontestable. J'y vis force clercs et prêtres à qui ce séjour plaisait vivement. J'y vis tant de rois et de princes que je ne saurais les compter. Chevaliers, bourgeois, petites gens en grand

Chevaliers, borgois, genz menues
I avoit mult léenz venues,
Qui avoient mult grand biautez
Por ce que bien lor léautez
Avoient au siècle gardées;
Et quand je les oi esgardées,
Si vi mult bien et entendi
935   Que nostre Sires lor rendi
Mérites selonc lor désertes.
Amples estoient et apertes,
A l'un plus et à l'autre mains;
Lonc ce qu'il orent mis les mains
940   A Dieu soigneusement servir,
Le savoit-il bien déservir.
Leénz fui mult très bien venuz :
Ravisez fui et reconuz

nombre, étaient venus là, qui rayonnaient de beauté
pour s'être comportés loyalement envers le siècle.
Quand je les eus considérés, je vis et compris fort bien
que notre Seigneur les traitait chacun selon ses mérites. Ample et visible était la récompense, à l'un plus
et à l'autre moins, suivant qu'ils avaient mis les mains
à servir Dieu soigneusement. Il sait donner à chacun
son salaire. Je fus très bien accueilli en ces lieux ; ceux
qui de leur vivant m'avaient vu dans le siècle me

De ceus qui au siècle me virent
945 Eudementiers que il vesquirent,
Et cil qui me reconnoissoient
De lor amis me demandoient
Qu'il avoient lessiez en vie

. . . .

950 Qu'il se gardoient de mal fère
Et se penoient mult de plère
A Dieu le père droiturier,
Et estoient en désirrier
De venir lasus avœc aus.
955 Et j'estoie boillanz et chaus
De paracomplir ma besoingne,
Si ne pris ore une eschaloingne
L'arester là ne l'atargier ;
Avant alai sanz détrier,

remirent bientôt en me dévisageant, et ceux qui me reconnaissaient me demandaient des nouvelles de leurs amis restés en vie. Sans envie je leur répondais qu'ils se gardaient de mal agir et se donnaient grande peine pour plaire à Dieu, le père de Justice. Ils étaient, disait-je, en vif désir de monter là-haut avec eux. Et je bouillonnais d'ardeur pour parachever ma besogne. Aussi ne m'accordai-je nul répit qui put l'interrompre ou retarder même. J'allai de l'avant sans recul, tant

960. Tant que je ving devant le Roi
Qui n'aime outrage ne desroi,
Où séoit en sa maïsté,
Si plains de si grand piété
Que nus n'en porroit conte rendre ;
965 Et je tantost sanz plus atendre
Droit devant lui m'agenoillai,
Et de vrai cuer fin l'aourai ;
Et il dist : « Raoul, bien l'as fet.
Pardonné te sont li mesfet
970 Dont tu m'avoies coroucié ;
Or t'en reva tout sanz péchié
Là jus au siècle dont venis.
Ton droit chemin mult bien tenis
Quant tu montas lasus à moi ;

que je fus devant le Roi, à qui ne plaisent désordre ni violence. Il siégeait en sa majesté, si plein d'auguste piété, que cela ne se peut dire. Et moi, sans plus attendre, à ses pieds je m'agenouillai ; d'un vrai cœur pur je l'adorai. Et il dit : Raoul, tu as bien agi. Toutes les fautes dont tu m'avais courroucé, je te les pardonne ; tu peux retourner pur de tout péché là-bas au siècle d'où tu vins. Tu as fort bien tenu ton droit chemin, quand tu montas là-haut vers moi, et ta foi m'a loyalement servi.

975　Tu m'as mult bien servie en foi.
　　　Or t'en reva là jus au pule
　　　Que je voi tout vers moi avule ;
　　　Si li dis que par toi li mande
　　　Et avœc le mander commande
980　Qu'il praingne si garde de lui
　　　Qu'il ne me face mès anui.
　　　A moi servir ne voient goute,
　　　Ainsi sout male gent estoute :
　　　Ne vuelent ma parole entendre,
985　Aumosne fère ne emprendre
　　　Penéance ne autre bien ;
　　　Je me plaing d'aus fors toute riens.
　　　Or lor rouveras porpensser
　　　Et de bien fère miex pensser,

Retourne t'en là, en bas, vers la terre, dont les yeux aveugles sont fixés sur moi ; dis-lui que par ton entremise je lui mande et commande de prendre assez garde à soi pour ne me causer plus désormais de tourment. Ceux de là-bas n'entendent rien à me servir ; ce sont de méchantes et sottes gens qui refusent d'ouïr ma parole, -de faire l'aumône, d'entreprendre une pénitence ou quelque autre bonne action. J'ai à me plaindre d'eux en toute chose.

Tu les engageras à réfléchir, à s'efforcer de mieux

990   S'il vuelent çà amont venir
       Ne la droite voie tènir.
       Va-t'en; de bien faire te paine,
       Et si i met travail et paine,
       Que despises adès le mont ;
995   Et quant revendras çà amont,
       Je saurai bien quant buen fera,
       C'est quant ma volentez sera,
       Je te donrai une corone
       Que un cercle d'or avirone,
1000   Toz plains de gesmes precieuses
       Mult saintes et mult glorieuses. »
       La corone qu'il me pramist
       Pendoit lez lui : sa main i mist
       Si le me monstra tout brillant,

faire, s'ils veulent par la droite voie parvenir jusque là-
haut. Va t'en ; mets ta peine à bien agir ; applique-toi
si consciencieusement que tu en arrives à mépriser le
monde. Quand tu reviendras ici, je saurai bien apprécier ce que tu auras accompli ; il sera fait selon ma
volonté. Je te ferai présent d'une couronne qu'envi-
ronne un cercle d'or tout garni de pierres précieuses,
très glorieuses et très saintes. »

       La couronne qu'il me promit était près de lui sus-
pendue ; il y mit la main et tout en souriant me la

1005 Et je m'alai humiliant
Envers lui ; si l'ai encliné,
Et s'il le m'éust destiné
Volentiers fusse demorez,
Quar tant estoit li lieus souez
1010 Et douz et plains de grant bonté
Que ne l'auroie hui raconté.
Qui C. M. anz leenz seroit,
Et adonques s'en isteroit,
Si ne li sembleroit-il pas
1015 Qu'il i fust le tout seul trespas
D'une eure de jor seulement.
Je n'i fui gaires longuement,
Ainz m'en reving grant aléure.
Mult trouvai la voie séure

montra. Avec humilité, je m'écartai de lui après m'être
incliné.

S'il m'eût décerné la couronne, volontiers je fusse
resté, tant ces lieux etaient suaves et doux et baignés
de bonté.

Je n'en dirai rien aujourd'hui. Quiconque y serait
demeuré durant cent mille ans et en sortirait, il lui
paraîtrait n'y avoir passé qu'une heure de jour seulement. Pour moi je n'y séjournai guère et je m'en
revins grand train. Je trouvai la route sûre partout

1020   Là par où je estoie alez ;
        Et quand je fui jus avalez
        Et au siècle jus revenus,
        Si dormoie encore que nus
        Ne m'avoit mon dormir tolu.
1025   Lors m'esveillai ; si me dolu
        Li cuers por ce que je par songe
        Que n'estoit pas voirs, mès mençonge,
        Avoie en paradis esté :
        Petit m'i avoit-on festé.
1030   Mès por ce que j'ai tant songié
        De dire songes praing congié
        Si dirai fine vérité,
        Diex le m'otroit par sa pitié :
        Qui de paradis veut aprendre,

où j'étais passé. Et quand je fus redescendu, lorsque je
je fus rentré au siècle d'ici-bas, je dormais encore ; car
nul ne m'avait enlevé le sommeil. Je m'éveillai ; mon
cœur souffrit alors, que par la vertu d'un songe non
véridique, mais ourdi de mensonge, j'avais pu croire
aller en paradis. On m'y avait fait petite fête.

Mais c'est assez se figurer conter un songe ; j'en ai
fini. Je dirai la vérité pure ; Dieu par sa pitié me l'oc-
troie.

Qui veut savoir ce qu'est le paradis n'a qu'à

1035   S'il ne veut oïr et entendre
      Et il en veut la joie avoir,
      Il porra bien de fi savoir
      Que j'en dirai vérité pure,
      Selon ce qu'en dist l'Escripture ;
1040   Quels il est et de quel bonté,
      Si com li saint l'ont raconté ;
      Après porrez d'enfer oïr
      Où nus ne puet de lui joïr.
      De la mauvestié c'on i trueve
1045   N'est nue fable ne contrueve.
      Diex nous en desfende li sire,
      Quar est de toz maus gens li pire.
      De paradis premiers dirai,
      Ne jà de mot n'en mentirai,

m'écouter et entendre ; il en aura le plaisir, qu'il soit certain que nul mensonge ne sortira de ma bouche. Je dirai selon l'Ecriture et comme les saints l'ont raconté quel il est dans la bonté qui le pénètre. Vous pourrez entendre ensuite le récit de l'enfer où nul ne peut jouir de soi. Des cruautés qu'on y rencontre il n'est point de fable inventée. Dieu nous défende de ceux qui le possèdent ; car de toutes méchantes gens ce sont les pires.

Du paradis je parlerai d'abord et ne mentirai point

1050   Selonc ce que j'ai de science ;
        Mès je ne cuide pas ne pensse
        Que soie dignes de conter,
        Por les granz biens à raconter
        Qui sont en paradis célestre,
1055   Où avoec Dieu fet si bon estre
        Que sens d'omme ne souffit mie
        A ce que la moitié en die ;
        S'en dirai ce que je porrai
        Et la verté en desclorrai
1060   A mon sens, sanz raconter songe,
        Ne n'en dirai hui mès mençonge,
        Se me puis au voir assentir.
        Cil qui sont entouz, sanz mentir,
        Sont adès en vie sanz mort ;

d'un mot, selon ce que j'ai de science. Mais je ne puis penser que je sois digne de compter et raconter les grands biens enfermés au paradis du ciel, où avec Dieu il fait si bon rester que le sens humain est insuffisant à en dire la moitié même. J'en dirai ce que je pourrai ; j'en dévoilerai la vérité selon mon sentiment, sans raconter de songes. Puissé-je au vrai conformer mon récit ; car je veux écarter aujourd'hui le mensonge.

Ceux qui sont là-haut, croyez-moi, sont encore en vie malgré la mort. Nulle douleur ne les mord, ne les

1065 Nule dolor n'i point ne mort ;
     Toute jor i est jor sanz nuit ;
     Nus n'est léenz cui il anuit ;
     Sanz faussetez i est vertez
     Et richoise sanz povretez,
1070 Et joie fine sanz tristece,
     Ni a angoisse ne destrece ;
     Séeurtez i est sanz paor,
     Douz repos i est sanz labor ;
     Durance i'est sans prendre fin ;
1075 Nul riens n'i vait à déclin ;
     Les penssées i sont sanz cure ;
     Ni a groucement ni murmure ;
     A tout bien se vont assentant :
     Anui ne mal ni vont sentant ;

joint ; un jour exempt de nuit y comble les journées ; nul n'y habite à qui l'ombre fasse tort ; la vérité y est exempte de détours, la richesse de misères et la joie pure de chagrins. Nulle angoisse et nulle détresse ; la sécurité n'y connait point l'effroi, le doux repos d'aucun labeur ne s'acquiert ; la durée n'y a point de fin, aucune chose à son déclin n'y marche ; les pensées y sont veuves de souci ; sans moue et sans murmure elles se dirigent vers le bien, sans jamais ressentir de tourment ou d'ennui. Nul n'y vieillit ou n'y déchoit. Le

1080 Nus n'i envieillist ne empire.
Li mains vaillanz i est plus sire
Que morteus hom ne puist pensser
Qui à la mort à trespasser.
Vraie amors i est sanz faintise,
1085 Qui ne descroist ni apetise.
Santez i est sanz maladie ·
Nus i a fain, nus n'i mendie.
Sanz anui voient adès Dieu
Le gloriex, le douz, le pieu :
1090 Cil véïrs est continuels
Et li désirs perpétuels.
Tel délit ont enz el véïr
Que cil désirs ne puet chéïr
Ne s'en puéent saouler ;

moins vaillant y est plus noble qu'aucun mortel ne peut penser, lui qui a la mort à subir. Le véritable amour n'y sait pas feindre ; il ne saurait ni s'affaiblir, ni décroître.

La santé n'y connaît point de maladie ; nul n'y mendie, nul n'y a faim. Exempts de tourment, tous y peuvent contempler Dieu, le pieux, le glorieux, le doux. Cette contemplation ne s'interrompt pas et le désir en est perpétuel. Un tel délice y est attaché que ce désir n'en peut s'éteindre et qu'ils ne s'en peuvent

1095   Ainz le désirent sanz finer.
        Ce lor done si grant plesance
        Qu'il n'ont anui, deuil ne pesance ;
        Ainz ont toute lor volenté.
        Jamès n'auroie raconté
1100   La grant bonté de paradis.
        Je vi en .I. livre jadis
        Où saint Bernars nous sermonoit
        Qui mult durement nous hastoit,
        Com fils nous apeloit li sains
1105   Qui consans est et bon et sains
        Por issir hors de tout péril,
        Il disoit : « Hastons-nous, mi fil,
        Por aler tost au séur lieu
        Où il n'a ne coust ne alieu. »

soûler. Ce désir n'a donc pas de terme. Il leur en advient si grand contentement qu'ils n'éprouvent aucun chagrin, aucune peine, aucun ennui ; ils jouissent entièrement d'eux-mêmes.

Ah ! je n'aurais jamais fini, si je voulais tout raconter des délices du paradis ! Je lus en un livre autrefois, où saint Bernard nous sermonnait et nous pressait vigoureusement ; il nous traitait comme des fils, et son conseil est salutaire pour se tirer de tout péril. Il disait : « Hâtons-nous, mes fils, de nous réfugier en l'asile où

1110 C'est en paradis, là amont,
Où saint Bernars tost nous semont.
Après l'apele l'en séur :
En aler i a grant éur
Quar on i a quanques on veut.

1115 Anuis n'i tient ne cuers n'i deut.
Encor l'apelent souef past.
Nus n'est malades ne respast,
S'il menjue de la viande
Dont saint Bernars est si engrande

1120 Que nous i hastons tous d'aler :
Diex nous i maint sans ravaler.
Encor l'apele Champ-Plentien ;
Trop covendroit l'homme soutien

il y a ni dépense ni frais ! » C'est en paradis là-haut que saint Bernard nous somme de nous rendre.

Il l'appelle ensuite le lieu de confiance ; c'est grande chance d'y aller ; car on y a tout ce qu'on veut. Nul tourment et le cœur est exempt de souffrance. On l'appelle aussi douce pâture. Nul n'est malade ou rassasié s'il se repaît de cette chère, dont saint Bernard nous presse tant de goûter. Dieu veuille nous mener là-haut sans redescendre !

On l'appelle aussi le Champ d'abondance. Il faudrait à l'homme singulier pouvoir pour dire la fécondité, la

Qui voudroit dire la bonté
1125 De cel douz champ, ne sa plenté ;
C'est paradis, si com di ai.
Saint Bernars nous met à l'essai,
Et si nous rueve tost haster,
Por ce que puissions habiter
1130 Iluec sanz mal et sanz paor
Et sanz défaute et sanz dolor,
Et que nous aions compaignie
Sanz anui avœc la mesnie
Des sainz qui sont en sainte gloire.
1135 *Amen* : Diex nous en doinst victoire!
Après vous vueil d'enfer retrère
La grant dolor et le contrère
Que cil ont qui léenz habitent :

qualité de ce champ de douceur. C'est le paradis, je l'ai
dit. Saint Bernard nous met à l'épreuve ; il nous engage
à faire en hâte, de telle sorte que nous devenions les
habitants de cet endroit d'où sont absents le mal, la
peur, la douleur et la privation, où nous aurons la
compagnie des saints qui sont en sainte gloire, Amen !
Dieu nous permette de vaincre.

Je vous veux maintenant peindre l'enfer, les souf-
frances, les adversités que doivent endurer ceux qui

En nule rien ne se délitent;
1140 Enfers est lais tout sanz mesure.
Si vous di bien sans mesprisure
Qu'il est tout hideus et parfons
Qu'il n'i a ne rive ni fons:
Si ne puet estre comparée
1145 La grant ardor ne la fumée
Dont il est sorondez et plains.
Sovent i a et cris et plains
De ceux qui là ont lor déserte.
Hé, Diex! com li hom fet grant perte
1150 Qui de paradis pert le règne,
Où Diex en gloire maint et règne,
Por avoir dolor et haschie
En la très grant forsenerie

l'habitent. Rien ne leur procure de jouissance. L'enfer est démesurément laid. Sans faire tort à qui que ce soit, je puis dire qu'il est hideux, n'ayant ni rivage ni fond. On ne peut comparer à rien l'ardeur et la fumée dont il s'encombre. On entend monter cris et plaintes de ceux qui sont là pour leur peine. Ah! mon Dieu que l'homme fait une grande perte en perdant ce royaume du ciel, où Dieu règne et reste en sa gloire.

Il obtient en retour les peines, les tribulations de ce lieu de fureur qu'on nomme Enfer, et ne connaît point

D'enfer, qui n'est mie souffable,
1155 Ainz est tant cruels et nuisable.
Ce nous tesmoignent Escriptures,
Concques Diex ne fit créatures,
Fers ne aciers, pierres ne fus,
Que lués n'ait degasté cil fus,
1160 Fors les âmes eschetivées
Des péchéors qui sont dampnées;
Celes ne puèent dégaster,
Ainz les covient là habiter
En tel dolor et en tel paine
1165 Trestoz les jors de la semaine.
Et autant vives i seront,
Que jamès jor n'en isteront,
Que Diex en paradis sera,

la douceur, mais qui est si cruel, si méchant, comme en témoignent les Ecritures, que Dieu ne créa rien, fer ou acier, pierres ou pièces de bois, que son brasier n'ait aussitôt détruit, hormis les âmes misérables des pécheurs et des damnés, celles-là sont indestructibles; tous les jours de la semaine, il leur faut habiter là dans la douleur et dans la peine.

Jamais elles ne s'échapperont et vivantes y resteront aussi longtemps que Dieu, dont la fin ne saurait venir, demeurera en paradis. Si elles pouvaient prendre fin

Qui jamès fin ne prendera.
1170 S'eles péussent prendre fin
Ne de lor mal avoir de fin
Ce fust mult grant bénéurtez;
Mès tele est lor maléurtez
Que nul bien ne béent ne tendent,
1175 Ne jà nule merci n'atendent.
Enfers est plains de tel dolor
Que trop auroit cil grant labor
Qui le voudroit conter et dire;
Plainz est de grant misère et d'ire,
1180 Et plains de ténèbres obscures.
Teus hom ne porroit metre çurès
A ce qu'en déist la moitié:
Qui est enz, mal a esploitié.

et à leurs maux connaître un terme, ce leur serait un grand bienfait; mais telle est leur misère qu'elles n'aspirent à aucun bien et n'attendent nulle grâce.

L'Enfer est plein d'une telle souffrance que ce serait un trop grand travail que le vouloir conter et dire. Il est fait de misère, de fureur et d'obscures ténèbres. Tel y appliquerait toute sa pensée qui n'exprimerait pas la moitié de cette horreur. Pour être jeté là, il faut avoir fait du mal.

L'Enfer est un lieu sans règle, sans amour et sans

Enfers est leus sanz ordenance
1185 Et sanz amor et sanz pitance ;
Si est plains de confusion,
D'erreur et de dampnation ;
De bien espérance n'i a,
De mal desespérance i a.
1190 Cil qui là sont, par vérité,
N'ont en aus amor ne pitié ;
Chétif sont et chétif se claiment ;
Aus héent et autrui pas n'aiment ;
En grant angoisse sont forment,
1195 Toute manière de torment
Qui mult sont grant, par vérité,
Et plain de tele iniquité
Que nus hom dire ne l'porroit,
Et qui de ce se peneroit

pitié ; il est plein de désordre, d'erreur et de damnation ; l'espérance en est absente ; le désespoir y séjourne. En vérité, ceux qui sont là n'ont en eux ni pitié, ni amour ; méchants ils sont, méchants ils se proclament ; ils se détestent entre eux et n'aiment pas leur prochain. Certes, leur angoisse est grande ; aucune espèce de tourment, si pénible soit-il, ne leur est épargné, et c'est chose impossible à dire.

Qui l'essaierait en serait bientôt las et découragé. La

1200   Grevez seroit tost et lassez.
         Si mendres est graindres assez
         Que li plus granz tormenz de l'monde,
         Si com il va à la roonde,
         Par ces tormenz sont dégasté ;
1205   Mès jà n'auront lor mal gasté,
         Ainz revient luès au commencier ;
         Jà tant ne sauront dépecier
         Qu'il ne resoient luès entir.
         En grant dolor sont sanz mentir ;
1210   A nul bien n'ont oncques retor ;
         Li anemi lor sont entor
         Por eus cort tenir et destreindre.
         Li feus d'enfer ne puet estraindre
         Où il sont adès nuit et jor ;

moindre peine est plus cuisante que les pires douleurs du monde, autant qu'à la ronde on peut voir.

Déchirés de ces tourments, les damnés ne sauraient épuiser le mal, qui sans fin doit recommencer ; dépecés même, ils se retrouveront entiers. Ah ! sans mentir c'est la grande souffrance. Nul bonheur à récupérer ; les ennemis de Dieu sont autour d'eux pour les tenir et les serrer de court.

Nuit et jour ils sont livrés au feu que l'on ne peut éteindre.

1215 L'ardure en sueffrent sanz séjor :
     On n'i ot vois fors que : « Hélas ! »
     N'ont d'autre joie ne solas,
     Las ont, hélas ont, hélas dient ;
     Riche de mal, de bien mendient.
1220 La vision des anemis
     Que li mestres d'enfer a mis
     Avec aus por aus tormenter,
     Por lédengier et por boter,
     Lor fet croistre et doubler lor paine
1225 Trestoz les jors de la semaine ;
     Ne jà remède n'en auront,
     Ne hors des tormenz n'isteront,
     Ne n'i atendent merci nule.
     Por ce di bien orant le pule

Sans répit son ardeur les harcèle. On n'entend là d'autre parole que Hélas ! Ils n'ont pas d'autre joie ni d'autre réconfort : « Hélas ! » font-ils, « Hélas ! » disent-ils, las en effet. Riches de maux, ils mendient du bonheur. La vision des ennemis de Dieu, que le maître d'enfer a placés autour d'eux pour les mieux tourmenter, pour les abîmer et pour les pousser, fait croître et doubler leur souffrance tous les jours de la semaine.

Pas de remède à espérer, nul moyen d'échapper aux

1230   Que se nous péchéor saviens
Et les dolors sentu aviens
Que cil ont qui sont en enfer,
Jamès ne esté ne yver,
Ne feriens ne mal ne péchié
1235   Dont nous fussiens vers Dieu irié,
Et en ceste vie mortel,
Entruès que sommes encor tel
Que nous poons merci avoir,
Prendons-le, se ferons savoir.
1240   Aions dont vraie repentance,
Et prendons droite pénéance
Des granz péchiez et des mesfez,
Dont chascuns est vers Dieu mesfez :
Si atendrons plus fiement

tourments, aucune grâce à attendre. Je dis ceci à la face du peuple ; car si nous avions ressenti les douleurs de ceux qui sont en enfer, si nous savions la peine des damnés, jamais, ni l'été ni l'hiver, nous ne voudrions faire le mal ni commettre le péché qui attire la colère de Dieu, mais au cours de cette vie mortelle, tandis que le moyen nous reste de conquérir notre merci, nous chercherions à l'obtenir et ferions sagement.

Ayons donc vrai repentir et faisons sincère pénitence de nos péchés et de nos fautes, dont chacun fait tort à

1245 Le cruel jor de l' jugement,
Que Diex toute gent jugera
Et à chascun il paiera
Lonc ce qu'il aura deservi.
Cil qui aura bien Dieu servi
1250 Aura paradis de loier,
Et en enfer fera loier
Ceux qui serviront l'anemi.
Diex en desfende vous et mi !
De l' jugement dist saint Grigoires
1255 .I. mot dont or me vient mémoires :
« Quant Diex son jugement tendra,
Sachiez que chascuns i vendra
De toz ceus qui ainc furent né,
Et li plus jonc et li ainsné,

Dieu. Ainsi nous attendrons avec plus de confiance le jour cruel du jugement, quand Dieu jugera tout le monde et à tout chacun paiera selon qu'il aura mérité. Quiconque aura bien servi Dieu aura le ciel pour partage ; mais ceux qui servent l'ennemi seront logés en enfer. Dieu nous en garde vous et moi !

A propos du jugement, il me revient une parole prononcée par saint Grégoire : Quand Dieu tiendra son jugement, sachez que chacun s'y rendra, d'entre tous ceux qui naquirent, les plus jeunes comme les aînés,

1260   Chascuns aportera son faiz,
     Et qui n'aura à Dieu fet paiz
     De ses péchiez en ceste vie,
     Vous savez bien, qoi que nus die,
     Que Diez iluec se jugera
1265   Et de lui se desseverra.
     Illuec auront tuit lor deserte,
     Soit à gaaing ou soit à perte.
     La gent sera toute partie :
     Li bon à la destre partie
1270   Seront, et li mal a senestre
     Qui mult atendent cruel mestre. »
     Par deseur ert véus li juges ;
     Il n'a si bon cler jusqu'à Bruges
     Qui péust dire la grant ire

pour apporter son fardeau. Quiconque en sa vie n'aura
point épargné à Dieu le dommage de ses péchés, vous
savez bien, quoique nul ne le dise, que Dieu alors le
jugera et se séparera de lui. Chacun alors aura sa part,
soit à gain soit à perte, et la multitude sera divisée : les
bons iront du côté droit et les méchants à gauche,
qu'un maître cruel attend.

     Par en haut on verra son juge ; il n'est si bon clerc
jusqu'à Bruges qui puisse dire la grande colère dont
notre Seigneur alors sera plein. Tous les saints qui

1275 Qu'adonc avera nostre Sire.
Tuit li saint qui illuec seront
Trestuit de paor trembleront;
Nis la mère Dieu tremblera
De paor quant elle verra
1280 Que ses fils est si corouciez,
Qui de toz bien est sire et chiez.
Il est amont en tel samblance
Comme il fu enz en la balance
De la croiz, où il fu pendus,
1285 Et claufichiez et estendus,
Por nous trère de la fornaise
D'enfer, où nus n'a bien ne aise.
El aval ert véus enfers
Qui toz est amples et ouvers

seront présents en trembleront de peur; et la mère de
Dieu elle-même tremblera d'effroi, en voyant le courroux de son fils, maître et chef de tous les biens. Il
sied là-haut en l'apparence qui fut la sienne, à l'heure
où on l'étendit et pendit sur la croix avec des clous,
pour que nous soyons tirés de la fournaise d'enfer, ce
lieu d'où toute aise est absente.

Par en bas on verra l'enfer ouvert de toute son
ampleur pour recevoir les pécheurs, les tricheurs, les

1290 Por reçoivre les péchéors,
Les useriers, les tricheors
Qui ne se voudront confesser
Ne de mal fère onques cesser.
A destre verront lor péchiez
1295 De qui Diex ert mult corouciez,
Voïant toz èrent là ouvert
Tuit li péchié et descouvert,
Dont on ne prit confession
Ne ne fist satisfacion
1300 En cest siècle devant la mort,
Dont la conscience remort.
Chascun li sien accuseront
De ceux qui là les porteront.
A senestre èrent li maufé

usuriers, qui ne se confesseront point et qui de mal agir ne voudront pas cesser.

A droite ils verront leurs péchés, dont Dieu sera fort courroucé. En pleine lumière à découvert on verra toutes les fautes dont on ne s'est pas confessé, et dont on a pas fait satisfaction dans le siècle avant de mourir, et dont le remords point la conscience. Chacun apportera les siens et les accusera. A gauche seront les mécréants tout bouillants et tout allumés de tourmenter leurs victimes promises. Vivement ils désireront

1305 Tuit boillant et tuit eschaufé
De ceus tormenter et mal fère
Qui ont esté de lor afère ;
L'eure désirreront forment
Qu'ils les aient mis à torment
1310 D'enfer avœc aus en la flame
Où il perdront et cors et âme.
Par dehors verront tout le monde
Si comme il va à la roonde,
Qui toz ardera par aïr.
1315 Mult se porra li hom haïr
Qui là portera ses mesfez,
Puisqu'il les puet amender ci,
Et bien fère et avoir merci.
Dedenz verront lor conscience

l'heure de les mettre à mal et de les jeter avec eux dans la flamme d'enfer, où les damnés perdront le corps et l'âme.

Par dehors ils verront le monde entier tout à la ronde et qui brûlera avec grande force. On pourra bien vouer sa haine à qui portera là le fardeau de ses fautes, puisqu'il les peut amender ici-bas et en avoir merci par ses bonnes actions.

Au dedans ils verront leur conscience de male patience toute pleine, qui les brûlera et rôtira et les tourmentera

1320   Pleine de male pascience,
     Qui les rera et brullera
     Et forment les tormentera
     De ce qu'il auront fet le mal,
     De quoi il èrent mis el val
1325   D'enfer avœc les anemis
     Qu'il troveront mauvès amis.
     Nule part ne porront baer
     A chose qui lor puist graer:
     Amont verront Dieu coroucié
1330   Qu'il auront perdu par péchié;
     Enfer verront ouvrir aval
     Por eus grever et fère mal.
     Toz lor péchiés verront à destre,
     Et les déables à senestre
1335   Qui en tornant les meteront,
     Etqui mult coroucié seront

cruellement, à cause du mal qu'ils auront fait et qui
leur vaudra d'être mis au vallon d'enfer avec les
démons, ces mauvais amis. Nulle part ils ne pourront
songer à chose qui leur soit agréable. Là-haut ils verront Dieu tout en courroux et qu'ils auront perdu par
leur péché; en bas l'enfer béant pour leur faire tort et
douleur. Tous leurs péchés seront à droite et les diables
à gauche, qui les mettront à tourment et qui seront

De ce qu'il iront se tardant.
Dehors verront en lor penssées
Les lais fez et les destinées
1340 Dont paradis auront perdu :
Adonc seront si esperdu,
Qu'il ne sauront qu'il puissent dire :
E, Diex ! com cil jors est plains d'ire !
Tous les i covendra venir ;
1345 Ne se sauront à qoi tenir.
N'en porront estre destorné.
Lors seront si mal atorné,
Que aus montaingnes crieront,
Et en plorant lor prieront.
1350 Que les viegnent sor aus chéir

bien irrités qu'on les fasse tarder ainsi. Dehors, dans
leurs pensées, ils verront les laides actions et les destinées qui leur auront fait perdre le paradis ; alors ils
seront si éperdus qu'ils ne sauront dire autre chose :
«Ah ! mon Dieu que ce jour est plein de colère ! »

Il leur faudra venir tous ; ils ne sauront à quoi se
retenir. Rien ne pourra les détourner et ils seront si mal
en point qu'ils crieront vers les montagnes, et les sup-
plieront en pleurant de venir tomber sur eux qui n'oseront regarder Dieu.

Por Dieu qu'il n'oseront véir.
Or vous pri por Dieu Jhésu-Crist,
Qui le mont estora et fist,
Que vous penssez, bon crestien,
1355   Que en cest siècle terrien
Faciez vos maus si eslaver;
N'en soiez eschars ne aver.
Quant Diex son jugement tendra
Et chascuns de nous i vendra,
1360   Que il vous tiengue par les suens
Et soiez mis avec les buens
A la destre de l'jugeor
Jhésu-Crist, nostre sauveor,
Si vous pri que por moi proiez,
1365   Et que en m'aaide soïez

Je vous en prie au nom de Jésus-Christ qui instaura
et fit le monde, n'oubliez pas en bon chrétien de vous
faire, en ce siècle terrien, laver de toutes vos fautes.
N'en soyez avares ni chiches. Quand Dieu tiendra son
jugement et que chacun de nous devra s'y rendre, qu'il
vous garde parmi les siens et vous place parmi les bons,
à la droite du juge, Jésus-Christ, notre sauveur. Priez
pour moi en même temps et tâchez de m'être en aide

Envers Dieu qui ens ès ciex maint,
1367 Qui il à bone fin m'amaint.

auprés de Dieu dont la demeure est aux cieux, pour qu'il m'amène à bonne fin.

EXPLICIT.

APPENDICE

I

BIBLIOGRAPHIE

QUATRE ouvrages composent, nous l'avons dit, l'indiscutable bagage littéraire de Raoul de Houdenc.

1° Le roman de *Méraugis de Portzlesguez* :

Le roman de *Méraugis* nous a été conservé, dit Michelant, dans quatre manuscrits dont trois seulement sont complets.

Le premier fait partie de la Bibliothèque impériale de Vienne, où il porte le n° XXXVIII du fonds de Hohendorff. C'est un petit in-folio sur vélin de 30 feuillets, écrit sur deux colonnes de quarante vers chacune, en belle minuscule du commencement du XIVe siècle, avec initiales majuscules en or sur fond rose et azur; il est en outre orné de 19 miniatures d'une fine exécution.

Le second manuscrit appartient à la Bibliothèque de Turin; c'est un in-4° sur papier de 129 feuillets à deux colonnes de quarante lignes, écrit en mauvaise semi-cursive du XV° siècle, dont toute l'ornementation con-siste en grossières majuscules vermillon. Il est coté (v. cat. de Pasini) XXIII G 129 et contient plusieurs autres romans.

Malgré des négligences assez fréquentes, cette copie donne souvent un meilleur texte que le précédent.

Le troisième est à la Bibliothèque du Vatican. Il a été décrit dans *Romvart* par Ad. von Keller, qui en a publié les trois cents premiers vers.

Un quatrième manuscrit a été signalé par M. Hol-land (*Crestien von Troyes*, p. 51, note 1),comme appar-tenant à Von des Hagen. Il doit y avoir confusion à cet égard, et sans doute s'agit-il ici d'un manuscrit de la Bibliothèque de Berlin, petit in-4° sur vélin du XIII° siècle, dont les 143 premiers feuillets contien-nent la chanson d'*Aubri le Bourgoing*, suivie de divers fragments de *Méraugis*, du *Roman des Eles* et de la *Voie de Paradis*. *Méraugis* commence au vers :

« Qui out toz jors Méraugis quis... »

p. 108, et en comprend environ seize à dix-sept cents.

Les manuscrits de Vienne et de Turin ont servi de base à l'édition de M. Michelant, de 1868.

Plusieurs Allemands de haut savoir se sont préoccupés de *Méraugis*, notamment Ferdinand Wolff et Conrad Hoffmann parmi pas mal d'autres.

2° *Le Songe d'Enfer* :

De ce court poème, notre Bibliothèque Nationale possède deux copies : ms. fr. 837 (anc. 7218), folios 83 à 86, et 1593 (anc. 7615) du fonds Saint-Germain. Il a été publié par Ach. Jubinal, à la suite des *Mystères* inédits du XVe siècle (tome II, 384-403) et par le savant belge A. Schéler, en 1879, dans les *Trouvères belges*, 2e série. Notre texte est à peu près conforme à celui utilisé par Jubinal.

3° *La Voye de Paradis* :

Ce poème se trouve à la Bibliothèque Nationale, ms. français 837 (anc. 7218), folio 86, et Bruxelles 9411 — 26, folio 8, verso. Il a été publié par Ach. Jubinal en 1875, dans les notes et éclaircissement des *Œuvres de Rutebeuf*, tome troisième. C'est à cette édition que nous empruntons notre texte, dont nous devons communication à l'amabilité érudite de M. Van Bever.

4° Le roman des *Eles de Courtoisie* :

Ce code de la chevalerie se trouve à la Bibliothèque Nationale 19, 152 et 837, et à Turin L. V. 32. Ce poème existe également à Berlin en un manuscrit petit in-4° sur vélin du XIIIe siècle, avec la chanson d'*Aubri le Bourgoing* et le fragment de *Méraugis*, dont il est parlé plus haut ; il porte le n° 48.

Au professeur Mussafia le premier, on doit d'avoir attribué à notre Raoul la composition du roman *La Vengeance de Raguidel*, opinion qu'on adopta sans contestation jusqu'en 1880. A cette date, deux jeunes romanistes allemands s'ingénièrent à comparer le style dudit poème avec celui de *Méraugis*, et s'élevèrent contre les affirmations de M. Mussafia, que soutenait la haute autorité de M. Paul Meyer. Le *Raguidel*, en effet, malgré sa versification très soignée, ne manifeste point le même maniérisme verbal, qui donne un caractère parfois excessif à la langue de *Méraugis*. De plus, l'auteur anonyme du *Raguidel* est un misogyne acharné et son vers est souvent graveleux.

Ainsi, M. Wolfram Zingerle, auteur de l'un des rapports en question (*Ueber Raoul de Houdenc und seine Werke, eine sprachliche Untersuchung*, Erlangen, 1880), pourrait bien avoir raison.

Nonobstant, l'auteur de *Gauvain* ou la *Vengeance de Raguidel*, avait nom également Raoul. Il l'énonce en son *préambule* du *Chevalier à l'Epée*.

« Ci commence Raols son conte. »

Il redit à la fin du poème :

> Raols, qui l'fist, ne vit après
> Dont il fesist...

« C'est aussi de cette manière, dit M. Michelant,

que Raoul de Houdenc se désigne dans les œuvres qui ne lui sont pas contestées.

Au reste, il n'aurait écrit que la 2e partie du roman, connue sous le titre de *Chevalier à l'Epée*, et dont on possède deux copies.

« *La Vengeance de Raguidel*, dit encore M. Michelant, dans son introduction à *Méraugis*, est le récit d'un épisode indiqué dans le roman de *Perceval*, dont on attend vainement la fin que n'a pas donnée l'auteur ; il n'y aurait donc rien d'étonnant à ce que Raoul se fût emparé de ce sujet pour le terminer. Les principaux personnages figurent également à la Cour d'Artus et le récit, sans se rattacher directement au roman de *Perceval*, se rapproche assez de la donnée générale pour être accepté sans difficulté. Raoul ne se nomme pas au début, mais à la fin et au milieu, dans l'épisode du *Chevalier à l'Epée*.

Faute d'investigations suffisantes, nous n'avons pas à prendre parti dans le débat en suspens, mais nous serions assez enclin à reprendre à notre compte l'opinion défendue par M. Mussafia, dans *Germania* (*VIII*, page 222).

Nous ne saurions, d'ailleurs, dépouiller tous les travaux qui ont vu le jour sur notre poète, ni citer toutes les opinions. Cela dépasse notre but. Nous avons, de Ferdinand Wolff, un mémoire très complet, publié à Vienne en 1865 et qui a trait particulièrement au roman de *Méraugis* ; de Littré, une analyse du même poème dans le *Journal des Savants*, étude réimprimée dans les *Etudes et Glanures* en 1880 ; de Gaston Paris, une longue et complète étude en l'*Histoire littéraire de la France*, vol. XXX. Son jugement sur le style de notre trouvère vaut d'être cité :

« Raoul de Houdenc, dit-il, se distingue par la subtilité de sa pensée et la bizarrerie cherchée de la forme dont il la revêt ; il aime le dialogue et fait de l'interrogation un emploi quelquefois heureux, mais excessif, maniéré, et à la longue fatigant ; il recherche la rime riche et, comme il arrive souvent, prodigue en même temps l'enjambement. »

C'est au père de l'illustre érudit, à Paulin Paris luimême, que l'on doit d'avoir relevé, le premier, le passage de *La Voye de Paradis* où l'auteur se déclare picard, et que l'on a depuis si diversement commenté (*Histoire littéraire de la France*, tome XXIII paru en 1856, page 279, au chapitre *Dits*.)

Au XVIIIᵉ siècle, Lenglet Dufresnoy parle également, dans son livre *De l'usage des romans*, des origines picardes de Raoul ; mais il omet d'apporter les preuves.

Dans son *Histoire littéraire* (1823, tome Iᵉʳ), Amaury Duval attribue à Raoul le mérite d'avoir fourni à Dante la première idée de sa *Divine Comédie*, avec la satire du *Songe d'Enfer*. M. Ch. Labitte, du Collège de France, insista également sur le même fait. Disons en passant qu'il existe, outre celui de *Rutebeuf*, un autre poème sous le même titre que le conte de Raoul, et dont l'auteur serait Baudoin de Condé.

Dans son ouvrage excellent *La Satire au Moyen âge* (p. 39), M. Lenient dénonce le caractère politique et antialbigéiste du *Songe d'Enfer* et de la *Voie de Paradis*.

Pour nous — il convient d'y insister — nous n'avons pas eu l'intention, en ce volume, de fournir une édition critique des deux poèmes *Le Songe d'Enfer* et *La Voie de Paradis*, mais bien d'en chercher le sens à la fois religieux et politique.

La grande lutte de saint Bernard contre le Celte Abélard, parallélement à la rivalité de France et d'Angleterre, l'initiative de Gautier Map et de Luces du Gast écrivant le *Saint Graal*, *Lancelot*, *Tristan*, à la requête d'Henri II Plantagenet, et celle de Robert de Borron, travaillant sous l'impulsion de Philippe-Auguste à une œuvre analogue, posaient suffisamment les données du problème.

II

LE TOURNOIEMENT DE L'ANTECHRIST

Les réflexions de Prosper Tarbé sur Huon de Méry et son poème du *Tournoiement de l'Antechrist* valent d'être reproduites, à cause du jugement qu'elles portent sur Raoul et toute son époque. *Le Tournoiement de l'Antechrist* parut à Reims en 1851, tiré à 250 exemplaires.

« Les croisades avaient eu pour résultat en Asie la naissance du système féodal et, en Europe, la résurrection du pouvoir monarchique. La haute noblesse ne tarda pas à comprendre que les expéditions lointaines épuisaient ses forces et la ruinaient avec gloire, il est vrai, mais sans retour. Pendant l'absence des barons, leurs sujets s'habituaient à recourir aux officiers royaux, et nos rois avaient su saisir habilement toutes les occasions de rentrer, tantôt par la force, tantôt par des négociations, dans les provinces, les villes, et les domaines enlevés à l'héritage de Charlemagne pendant les IXe et Xe siècles. Les divisions de l'aristocratie devaient finir par la tuer ; mais, en attendant son dernier jour, elle résistait avec énergie contre l'unité politique, qui voulait l'anéantir. Les circonstances lui furent souvent favorables : elle ne les négligeait pas. C'est ainsi qu'elle exploita contre la couronne la secte des Albigeois. Ce schisme ne prit d'importance et n'exposa ses partisans à de rigoureuses persécutions que lorsque les comtes de Toulouse et de Foix se mirent à la tête d'une population exaltée et voulurent relever leur indépendance à l'aide de ces soldats fanatisés ; et, lorsque, dans cette déplorable guerre, Louis VIII eût succombé, ducs, comtes et barons se hâtèrent de se liguer, moins pour ravir la régence à l'immortelle Blanche de Castille, que pour secouer le joug placé sur eux par la main ferme et puissante de Philippe-Auguste.

Vers la fin de ces troubles civils fut écrit *Le Tournoiement de l'Antechrist*.

Philippe de France, comte de Boulogne, frère de Louis VIII, l'âme de toutes ces intrigues, mourut en 1233. Son trépas fut fatal à l'esprit d'insurrection. L'inconstant comte de Champagne se soumit encore une fois, et ses troupes marchèrent sous l'étendard royal contre le duc de Bretagne.

Dès le commencement de cette campagne (1234-1235), Huon de Méry avait joint l'armée du roi. Sans doute il avait suivi la bannière de Thibaut pour cher-

cher fortune comme chevalier, pour chanter la gloire
des preux comme trouvère.

Il était chevalier, c'est la position qu'il se donne.
Dans tout le cours de son roman, il se présente
comme un émule des héros de la Table-Ronde. Comme
eux il porte le casque et l'épée ; comme eux il cherche
les dangers et brave les enchantements.

Huon de Méry prend aussi le titre de trouvère et le
place bien au-dessus de celui de jongleur ou ménestrel.
Dans plusieurs passages de son poème, il peint dédai-
gneusement la cupidité servile, les habitudes honteuses
de ces chanteurs ambulants, de ces littérateurs à gage.
Le trouvère est à ses yeux l'homme de génie qui crée,
dont les autres répètent modestement les inspirations.
Alors rois et barons se faisaient gloire de manier aussi
bien la lance que la plume, de battre les ennemis de la
France et de chanter l'amour et les dames. Huon de
Méry fit partie de cette pléiade guerrière et poétique.
Comme ménestrel il s'enrôle sous la bannière de Raoul
de Houdenc et de son compatriote Chrestien de Troyes ;
il les exalte comme les princes de la littérature française.
Son ambition sera satisfaite s'il peut glaner quelques
épis dans les champs qu'ils ont moissonnés, s'il peut
trouver un sujet, des pensées qu'ils n'aient pas illustrés
de l'éclat de leur poésie. Aussi marche-t-il d'un
pas ferme dans la voie ouverte par ces deux chefs
d'école. Le passage où il chante leur gloire et pleure

leur trépas n'est pas le moins intéressant de son poème. C'est jusqu'à présent le seul nécrologue qui puisse servir à dater la mort de Raoul et celle de Chrestien.

Comme ce dernier, Huon célèbre les héros de la Table-Ronde ; pour renchérir sur son devancier, il leur donne l'apothéose et les place dans les rangs des légions célestes.

Raoul de Houdenc, auteur de plusieurs romans, sans analogie avec celui qui nous occupe, travailla souvent sous l'influence des mouvements politiques et religieux qui troubla les premières années du XIIIe siècle. Une secte bulgare avait pénétré dans le midi. Ses principes étaient empruntés les uns au manichéisme, les autres à l'hérésie d'Arius. L'esprit de controverse se réveilla et l'on s'abandonna bientôt aux réflexions les plus mystiques. Les nouveaux schismatiques avaient fini par établir leur quartier général dans les murs d'Alby ; aussi les nommait-on Albigeois. Ils soutenaient que la terre était gouvernée par deux génies, dont la lutte était éternelle, et se révoltaient contre les pratiques recommandées par l'église, attaquaient les peines de l'enfer et les récompenses du ciel.

C'est au milieu des luttes soulevées par ces audacieuses théories que Raoul de Houdenc écrivit ses poèmes du *Songe d'Enfer* et de *La Voie de Paradis*. Les hérétiques n'y sont pas ménagés et tous les vices y sont flagellés avec rigueur. Tous deviennent des personnages allégoriques et reçoivent un nom et des armoiries. Ils reparaissent dans l'œuvre de Huon de Méry. A la fin de son poème Raoul nous montre démons et vices montant à cheval pour aller en proie. C'est à peu près à ce point de départ que Huon de Méry rattache son épopée. Il accepte toutes les données établies par son maître, et sur elles il asseoit son drame chevaleresque et railleur. Seulement il lui faut un autre cadre, et c'est à Chrestien de Troyes qu'il l'emprunte.

A l'époque où écrivait l'auteur, l'Antéchrist était un personnage de circonstance. Les doctrines des Albigeois lui donnaient une grande popularité. L'Eglise ne cessait de donner son nom à tous les fauteurs de troubles religieux. D'un autre côté, c'était au Christ lui-même que les Albigeois donnaient le nom d'Antéchrist. Comme les Juifs, ils attendaient un autre Messie. C'est donc contre ce dogme que Huon de Méry va lancer ses traits satiriques ; son poème n'a pour but que la glorification du christianisme, l'humiliation de l'erreur. Il chante le duel sans fin du mal contre le bien, la glorieuse victoire du bien sur le mal, de la religion sur l'impiété.

C'est dans la ville de Désespérance que Fierabras assied le camp d'enfer. Antéchrist commence par donner à ses gens un festin splendide, où l'on prodigue tout ce qui peut satisfaire aux appétits vicieux. Les dieux de la fable tiennent une large place parmi les ennemis du Seigneur. Antéchrist profite de l'occasion pour conter fleurette à Proserpine. Pluton se fâche, ce qui décide naturellement la reine d'enfer à donner à Antéchrist son cœur et même sa chemise pour en faire une bannière. C'est bien le moins qu'il puisse arriver au diable jaloux.

Viennent ensuite tous les Vices armés de pied en cap. On voit passer Vanterie, dame de Normandie, Trahison la Poitevine, Hypocrisie chérie des Papelars, Larrecin capitaine d'une bande de Picardie, etc. Paresse ferme la marche.

Le camp du Christ est à Jérusalem, et les Vertus se sont rangées sous sa bannière : Chasteté, Virginité, Largesse, dont Huon fait l'éloge le plus pompeux, et Prouesce qui conduit la fleur de France.

Après cet hommage à la France, Huon fait apparaître l'Amour pur de toutes pensées vilaines et Cortoisie, la reine des nobles cœurs. Derrière se placent les chevaliers de la Table-Ronde, Arthur à leur tête.

Antéchrist, pour lutter contre ces braves paladins et les archanges invincibles, a créé chevaliers des vilains et des usuriers.

Le combat commence : les Vices sont battus. Virginité se défend avec bonheur contre Adultère et Fornication ; mais Vénus et Cupidon viennent en aide à leurs lieutenants. Chasteté succombe. Virginité ne sauve son honneur qu'en se réfugiant dans un monas-

tère. La flèche que la déesse de Cythère lui décoche
avec l'arc de Tentation va frapper Huon de Méry. Le
prince de Fornication, Bras-de-Fer, lui offre son assistance ; mais ses secours font au blessé plus de mal que
de bien.

Néanmoins la bataille continue. Sainte Foy lutte
avec honneur contre Hérésie. Ce passage est l'un de
ceux qui nous donnent la clef de ce poème. L'auteur y
attaque les Albigeois ; il raconte les châtiments infli-
gés à leurs erreurs.

A la fin Antéchrist s'est jeté dans la mêlée : saint
Michel le dompte et le force à se rendre prisonnier sur
parole. La déroute des démons est générale : ils ren-
trent en désordre dans Désespérance : le *Tornoiement*
est terminé.

Raphaël, Confession et Pénitence vont soigner les
chevaliers blessés par les Vices. Huon implore leur
bienveillance ; ils lui rendent la santé, c'est-à-dire le
repos du cœur. Toutefois la porte du Christ ne s'ouvre pas pour lui, malgré l'accueil d'Espérance : il n'est
pas encore digne d'un pareil honneur.

Cependant ! bruit court qu'Antéchrist, au mépris de
son serment, a pris la fuite ; on apprend qu'il s'est ré-
fugié dans la ville de Foi-Mentie. Le Christ n'en quitte
pas moins la terre, et pendant que son cortège triom-
phal le reconduit vers les cieux, la religion mène Huon
de Méry dans l'abbaye de Saint-Germain-des-Prés.

C'est là qu'il méritera, par la prière et les bonnes œuvres, le droit d'entrer en paradis.

Amaury Duval ne voit en ce poème qu'une conception de moine. Il comprend qu'à la lecture de ce roman on éprouve du mépris pour les poètes qui ont employé leurs veilles sur des sujets où l'absurde le dispute au ridicule, qui nous représentent Dieu comme un seigneur de fief, n'ayant guère plus de puissance et de bon sens que les autres seigneurs du temps.

Ne pourrait-on pas aller moins vite à flétrir une œuvre dont on n'a peut être pas compris le but ?

Ce qu'on peut reprocher à Huon de Méry, comme à son devancier Raoul de Houdenc, c'est la rigueur avec laquelle ils traitent les Albigeois. Mais leur dureté révèle précisément le secret de leurs poèmes ; ce sont des pamphlets politiques qu'ils ont rimés. Leurs romans sont des plaidoyers contre les idées des novateurs et de sanglantes satires contre ceux dont les erreurs et les vices déshonorent l'espèce humaine.

L'intérêt qu'inspira ce poème, lors de son apparition, fut général, si on en juge par la grande quantité de copies qui s'en firent. Alors on s'inquiétait peu de la robe que portait l'auteur. On savait apprécier la moralité de son œuvre. Le roman de Huon de Méry, très goûté lors de sa composition, trois siècles après était encore lu par des gens de valeur et de savoir. Henry Estienne vante l'habileté que Huon met à faire passer dans notre

langue des expressions latines qu'on aurait dû conserver. Geoffroy Thory, en 1529 (*Le Champ Fleury*), le
nommait parmi les chefs de la littérature française : il
en fait un modèle d'élégance et de pureté. Huon de
Méry ne fut pas heureux ici-bas. Victime d'une passion peut-être imprudente et sans doute malheureuse,
il vint demander au cloître le repos que le siècle lui re-
fusait ».

Au regard de ces appréciations dont nous laissons à
l'auteur toute la responsabilité et dont nous avons plus
haut marqué toutefois le haut caractère de perspicacité,
il faut montrer ce que Ch. Gidel dit des Romans de
la Table-Ronde, mais sans mentionner notre Raoul.

« On s'explique sans peine la vogue universelle dont
jouirent les romans de la Table-Ronde. Une telle morale soutenue de toutes les fables que put inventer
l'imagination des poètes, des aventures où le merveil-
leux domine, devait prendre un empire souverain sur
tous les esprits, et faire pâlir les vieilles chansons de
geste. En vain, l'Eglise essaie de défendre celles-ci et
de proscrire les romans de la Table-Ronde (*comme
cela se conçoit, la Table-Ronde étant le symbole hérétique
de la perfection par le mérite individuel et hors du
dogme !*) leur succès n'en continue pas moins. »

Ainsi pensait également M. Léon Gautier, que son
admiration toute justifiée pour nos Gestes héroïques

primitives porte volontiers à dénigrer les romans qui leur succédèrent et qu'il traite, faute d'*avoir brisé l'os où gît la substantificque moüelle*, de misérables contes de fées. Les premiers furent l'œuvre de purs et admirables impulsifs; ceux-ci ont été créés par des intellectuels: voilà toute la différence. Nous confessons volontiers que la valeur d'art n'y a gagné guères.

III

MÉRAUGIS

———

L'introduction de *Méraugis* par H. Michelant méri-
terait d'être intégralement rapportée. Nous lui emprun-
terons quelques extraits, d'autant plus significatifs
qu'ils résument ce que pensait lui-même de notre
trouvère l'éminent Ferdinand Wolff ::

« Il reste certain que Raoul joue un rôle important,
unique peut-être dans l'histoire de notre littérature au
Moyen âge. Par *Méraugis*, il se rattache au mouvement épique de la période antérieure, qui a trouvé dans
Chrestien de Troyes son plus brillant représentant.

En France, comme chez toutes les nations où la
littérature a suivi son cours régulier, la muse épique
célébra d'abord les exploits de Roland, de Charlemagne
comme elle avait chanté, sous d'autres cieux, ceux
d'Achille, d'Agamemnon, de Siegfrid, d'Attila, etc. Plus
tard, à ces chants barbares, elle fit succéder des accents
moins rudes, lorsque la langue se fut adoucie avec les

mœurs. Dans ces cours brillantes de Champagne, de Flandre, de Hainaut, où se jugeaient les questions d'amour les plus subtiles (*en réalité, c'étaient des points de doctrine*), quel ménestrel mal appris eût osé réciter ces chansons de geste, où les femmes occupaient un rang si infime ? Qui se fût permis en présence de ces jeunes et belles princesses, dont on recherchait la faveur, de répéter les grossières paroles que le vieil Aymon ou Girart de Roussillon adressaient à leurs compagnes ? On commençait à se fatiguer du récit des interminables combats que se livraient les Sarrazins et les héros chrétiens ; le souvenir des luttes nationales qui avaient donné naissance aux diverses chansons de geste s'était éteint ; à des guerriers farouches on substitua des chevaliers braves aussi, mais courtois, tendres et empressés ; car au XIIe siècle déjà n ne craignait pas de

Peindre Caton galant et Brutus dameret.

Cette nouvelle route une fois ouverte, on ne s'arrêta plus ; les poètes, cherchant à renchérir les uns sur les autres, poussèrent jusqu'à la quintessence la plus raffinée les qualités de leurs héros, et l'on en vint enfin à supprimer les individualités pour personnifier les vices et les vertus dont ils offraient les types. Raoul fut un des premiers à suivre cette voie et si, dans ses trois poèmes allégoriques, on voit agir et parler Avarice, Orgueil, Repentir, Courtoisie, Largesse, l'on ne doit pas perdre de vue que, dans *Méraugis*, les vertus chevaleresques sont portées à leur plus haut degré. Remarquons en outre qu'en France surtout, cette tendance de la littérature s'appuyait sur le mouvement qui s'opérait en même temps dans les études philosophiques.

C'est peut-être sous cette influence que chez nous la poésie allégorique atteignit dans le *Roman de la Rose* en particulier (*lequel passe à bon droit pour ésotérique*), un développement qu'elle n'obtint jamais chez les autres peuples.

Le rôle qu'y joue notre trouvère lui assigne donc une place distinguée dans la littérature du XIII⁰ siècle, au jugement des contemporains, qui exaltent son mérite et son talent à écrire «le beau français.» Par cette expression nous n'entendons pas simplemement la pureté, la correction de la langue, la justesse de l'expression, en résumé ce que nous appelons le style (observation qui fera peut-être sourire le lecteur un peu versé dans la littérature de cette époque). Il faut encore comprendre l'invention et le fonds des idées, l'arrangement des détails : en un mot tout ce qui caractérise une œuvre littéraire.

Lorsque Raoul écrivit *Méraugis*, les récits de la Table-Ronde, soit en vers, soit en prose, avaient rejeté au second plan toutes les productions ne se rattachant pas à ce cyc¹ ;, qui réalisait d'une façon si merveilleuse l'idéal de la chevalerie errante : rien n'était plus naturel que d'aller y chercher des inspirations. Quant au modèle on n'en pouvait trouver de meilleur que Chrestien de Troyes, et c'est celui dont Raoul se rapproche le plus. Son choix, il est vrai, ne lui laissait plus la liberté absolue des caractères : ils avaient été tracés d'une manière si frappante qu'il fallait absolument les adopter tels qu'ils avaient été présentés d'abord.

Raoul tourna la difficulté habilement en plaçant au second rang les personnages qu'il ne pouvait modifier et qui gardèrent leur originalité. Keux ne cessa pas de se montrer vantard et médisant ; Gauvain fut toujours le plus vaillant des chevaliers de la cour d'Artus ; mais les héros du roman : Méraugis, Gorvain Cadrus, Laquis, L'Outredouté, Lidoine et Avice sont des créations neuves, et l'imitation, lorsqu'elle paraît, se déguise sous des traits particuliers.

Si l'aventure de Gauvain rappelle par quelque côté celle du Chevalier au Lion, elle se termine d'une manière toute imprévue, et l'on pourrait en dire autant des autres épisodes pris séparément. En puisant dans ce fonds commun d'aventures dit de la Table-Ronde, Raoul leur a donné le tour propre de son imagination ; il leur a surtout imprimé un cachet tout particulier par son style.

Tous les poèmes de Raoul ont été écrits dans le plus pur des dialectes de son époque, celui de l'Ile-de-France; cependant ils ne nous sont parvenus que défigurés par la plume des copistes, toujours enclins à substituer, dans les textes qu'ils transcrivaient, des formes d'orthographe locale, qui y jettent une fâcheuse bigarrure et que les éditeurs ne peuvent pas toujours corriger.

Mais lorsque l'étude de notre vieille langue anra fait assez de progrès pour qu'on n'hésite pas à publier des éditions critiques, il nous semble que Raoul de Houdenc est un des poètes les plus dignes d'un travail de ce genre ».

IV

LA PREMIÈRE RENAISSANCE

———

Il nous a paru de quelque intérêt de traduire ici, à l'appui de notre exposé du début, le résumé des études que l'illustre érudit positiviste et poète portugais, Théophile Braga, a consacrées à la première Renaissance, et qui lui ont servi à écrire l'avant-propos explicatif de son récent poème *Frei Gil de Santarem*.

« L'histoire moderne de l'Europe commence dans la grande crise du XIIᵉ siècle, où débute la dissolution du régime catholico-féodal. Le conflit se manifeste entre les *deux Vérités* : celle de la Raison et celle de la Foi ; entre les *deux Epées* : le Sacerdoce et l'Empire ; entre les *deux Cités* : l'Eglise avec les immunités du cléricalisme et l'Etat avec la loi civile, fondement de toute autorité.

« Mais, à travers les luttes de la pensée émancipatrice, il y eut un esprit révolutionnaire et négativiste, représenté dans les légendes d'une Science cabalistique et démoniaque, comme celles qui enveloppent les figures de Sylvestre II et de Roger Bacon, ébauches du type de Faust dans la première Renaissance. La science médicale enseignée à Paris ne fut-elle pas proverbialement imprégnée d'athéisme ?

« A partir du XIe siècle, d'après Renan, il se produit une Renaissance en philosophie, en poésie, en politique, dans les arts. Cette Renaissance, qui se manifeste alors en France, atteint son moment le plus beau dans la première moitié du XIIIe siècle ; puis elle stationne ».

« Le fanatisme, l'esprit mesquin de la Scolastique, les atrocités de l'Inquisition dominicaine, le pédantisme de l'Université de Paris, l'incapacité de la plus grande partie des souverains, préparent la décadence complète. Les XIVe et XVe siècles sont pour toute l'Europe, l'Italie excepté, des siècles inférieurs, siècles où l'on ne pense guère, où l'on ne sait pas écrire, où l'art s'affaiblit, où la poésie se tait. Gil Rodrigues de Valadares fréquente les Ecoles du Monastère de Santa-Cruz. Il s'absorbe dans la méditation des doctrines néo-platoniciennes, qui signalent la première Renaissance du XIIIe siècle. Celles-ci, en suscitant la théorie de l'*Amour*, qui se manifeste dans l'idéal du Lyrisme nouveau des *Troubadours*, dans l'action héroïque de la *Chevalerie*, dans le culte mystique de la *Vierge*, prêtent à l'Art de nouveaux Symboles, dans la contem-

plation de la Nature par les investigations expérimen-
tales des Alchimistes qui préparent les inductions de
la Science. Ces doctrines coïncident en même temps
avec la formation des *Confréries* et des *Jurandes*, où se
fortifie le Prolétariat.

A travers ces courants complexes qui déterminent
l'agitation révolutionnaire de ce siècle, Gil de Valadares parvient à la conception platonicienne : La *Puis-*
sance, la *Science* et l'*Amour* sont les trois manifestations divines par excellence.

Son ascension doit s'opérer au long de cette échelle
mystique et spéculative. Dans la floraison de sa jeu-
nesse, il sent la nécessité de l'*Amour*, et selon les idées
de Platon dans le dialogue du *Banquet* : « *Le Principe*
de l'Amour est l'Activité ». C'est ainsi que la *Puissance*
de Dieu se révéla par l'Amour dans l'œuvre de la Création. Aussi bien, les Mystiques du XIII siècle réali-
sent-ils par l'Amour l'identification en Dieu. Et vers
cette fin suprême conduit également la *Science*, comme
l'ont pensé Averroès et les Scolastiques : « Le but de
la Science est de réduire incessamment le particulier au
général, d'identifier l'âme individuelle avec l'Ame infi-
nie, en absorbant la personnalité humaine dans l'im-
mensité divine. » Dans le conflit des deux Pouvoirs,
le spirituel et le temporel, la Science conduit à la
compréhension de leur harmonie ou réorganisation, et
l'Amour, par l'altruisme, à l'ascendant moral, qui pré-

pare un ordre nouveau et mettra un terme à la crise de dissolution dans une Synthèse affective.

Gil de Valadares connaît d'abord que l'Amour, né de l'aspiration volontaire. ou proprement le *Désir*, devient contemplatif par la Piété. Il se livre ensuite à la Science ; il s'initie à l'esprit critique dans les *Cavernes de Tolède*, où se conservent les traditions de la Cabale et de l'Alchimie. Il se passionne là pour la découverte de la Panacée universelle. Dans une insurrection mentale, il reconnaît la décadence du Monothéisme et, par conséquent, la nécessité de construire une Philosophie basée sur des faits *positifs*, et non plus sur de pures relations des choses ou entités *catégoriques*. Entraînés par cette tendance des esprits, les Moines, eux-mêmes, échangent la Théologie contre l'étude de la Médecine.

A Paris, parmi les écoles turbulentes de la Montagne Latine, Gil de Valadares reconnaît le syncrétisme de toutes les doctrines déterminées par les Croisades : l'esprit de l'Orient, dans le Gnosticisme, se confondant avec l'Hellénisme, avec les traditions théurgiques de la Chaldée par le moyen des Juifs, et avec l'Alchimie des Egyptiens explorée avec insistance par les Arabes.

La prépondérance objectiviste, par l'importance excessive donnée à la *Logique*, provoque l'élaboration d'une nouvelle synthèse mentale ou subjective. L'*Or-*

ganum d'Aristote prédomine, et par l'emploi du syllo-
gisme se dissolvent les dogmes théologiques ; par le
commentaire des Pandectes est attaquée l'Autorité pri-
vilégiée devant la justice impersonnelle. Gil de Valadares entrevoit enfin les lois de l'harmonie mentale,
dans une juste relation entre le monde réel et la représentation subjective, qui en règle la réaction. Alors il
renonce à tous les plaisirs de la vie ; il reconnaît que la
passion simultanée pour la Beauté *réaliste* et pour la
Beauté *symbolique (tel est, en effet, le problème posé par
Méraugis de Portzlesguez)* représente la forme supé-
rieure de l'Amour. Ainsi, dans son âme, le souvenir de
l'amante disparue s'associe au Symbole de la Vierge,
dans un impérissable Amour qui l'élève à la suprême
émotion, à l'extase et à la sainteté. Selon les doctrines
de l'*Amour,* à la Cour des Plantagenets : « L'Amour
« doit être la source des vertus sociales ; de lui dérive
« la force ennoblissante. L'amant ne se rend digne
« d'être aimé que par le double exercice de la Vaillance
« et de la Courtoisie. A ce prix, l'Amour conduit à la
« perfection. » Ainsi l'Amour-Désir devient l'Amour-
Piété, puis l'Amour l'Idéal universalisé dans un symbole
poétique ou philosophique — l'*Eternel Féminin,* la
Vierge-Mère de l'evhémerisme théologique, mais dans
sa future expression esthétique — l'*Humanité.* C'est
dans cette troisième forme de l'Amour que, comme
chez Boëce et chez Dante, la passion pour la Vérité

naturelle ou morale est représentée par la Philosophie.

Gil de Valadares se rend ensuite à la cour de Blanche de Castille. Il y observe la lutte entre les deux Pouvoirs, et reconnaît qu'ayant pour idéal une fin humaine, le Pouvoir devient stérile en abdiquant dans la jouissance matérielle de la personnalité.

A la cour de Blanche de Castille, prédomine l'ordre des *Prêcheurs*, alors connus sous le nom de Frères de la Vierge. Il apprend que cet Ordre dispose du pouvoir social et qu'il soutient l'Eglise dans les conflits entre la Raison et la Foi ; car le *bâton de Saint-Dominique* est plus puissant que le sceptre des rois.

On cherche à l'attirer au sein de cet Ordre, en lui montrant le prestige de la puissance dont le monachisme dispose, et en profitant du découragement que Gil éprouva d'avoir perdu la femme aimée.

Comment put s'opérer cette crise, à travers laquelle un esprit parvenu au libre exercice de la critique négativiste, mais sachant que la Science de son époque est impuissante à joindre les deux éléments : les *phénomènes* et les *relations*, retourne aux fictions théologiques et se soumet à la discipline monacale ? Cette crise individuelle est la conséquence de celle du XIII⁰ siècle, où l'on vit s'éteindre, en un recul épouvantable, la féconde et généreuse Première Renaissance. L'Eglise établit le régime de l'Inquisition, persécute les Hérésies,

détruit l'efflorescence de l'Architecture et de la
Sculpture en s'enfermant dans un canonisme froid et
mesquin. La Royauté, qui s'appuyait sur les Communes, se soumet à l'obéissance passive et se protège
avec la garde du corps qui devient, dans son destin
d'oppression, l'arm.ée permanente.

Dans son étude sur l'*Evangile éternel*, Renan caractérise ainsi les forces de réaction réfléchies et discipli-
nées qui paralysèrent toutes les énergies du XIIIe siècle : l'Eglise romaine, l'Université de Paris, l'Ordre de
Saint-Dominique, le Pouvoir civil, tant de fois ennemis,
se trouvèrent ligués contre des prétentions, qui ne
visaient à rien moins qu'à changer les conditions fon-
damentales de la société humaine. L'atrocité des
moyens employés pour annihiler ces doctrines étran-
gères nous révolte ; une foule de louables impulsions
furent enveloppées dans la condamnation qui les frappa.
On peut dire toutefois que le véritable progrès n'était
pas avec ces bons sectaires.

Il était dans le mouvement parallèle et qui emportait
l'esprit humain vers la Science, vers les réformes politiques, vers la constitution définitive d'une société
laïque. A partir de 1255, on peut reconnaître que le
progrès, comme l'entendent les sociétés modernes,
vient d'en haut et non d'en bas, de la raison et non de l'i-
magination, du bon sens et non de l'enthousiasme, des
hommes sensés et non des hallucinés qui cherchent en

de chimériques approximations les secrets de la Destinée.

Cette ligue effroyable des forces conservatrices nous explique comment Gil de Valadares, l'écolier du parti démoniaque, le médecin glorieux des Ecoles de Paris, tombe subitement dans le courant théocratique, soutenu sanguinairement par l'Ordre dominicain. Cette conversion par laquelle il renie le passé, l'esprit de la Renaissance, est plus qu'un phénomène individuel ; elle représente la nouvelle époque et l'état de dépression des esprits ».

Plaçons ici un mot personnel : il semble que tous les grands mouvements humains d'expansion ou d'émancipation : les Croisades, les Grandes découvertes et la Réforme, la Révolution aient eu pour revers immédiat une période de recul, de retrait, de dépression. Simple prostration physiologique peut-être, consécutive à une trop grande dépense d'énergie.

« A travers cette dissolution d'un négativisme qui allia l'insurrection mentale au radicalisme social et donna prétexte au conservatisme féroce du Pouvoir Catholico-féodal, comment découvrir le sentier par où rentrer dans la phase constructive ? Par le retour salutaire et vivifiant à la *Nature*, que l'apathie ascétique avait réprouvée comme un foyer de putréfaction.

La Nature, selon le symbole hellénique, est la Circé enchanteresse qui attire ; c'est elle qui doit vêtir de réalité le sentiment humain et fournir à la raison les phénomènes concrets, qui, mis en relation entre eux, renouvelleront la Science pour la découverte d'une Loi générale, première ébauche de la synthèse objective.

C'est la Grèce qui suscita, au XVIe siècle, cette seconde Renaissance, par l'émotion issue des chefs d'œuvre de son art et par la rénovation du couple scientifique : la Mathématique et l'Astronomie, qui devait conduire à démontrer l'ordre physique dans l'univers. C'est à Pétrarque que revient la gloire d'avoir préparé la transition entre la première et la grande Renaissance, celle du XVIe siècle, provoquée par l'Italie. La théorie médiévale de l'*Amour*, rendue plus profonde par l'idéalisme néo-platonicien, constitue le thème fondamental du Lyrisme moderne ; l'Humanisme permit à l'humanité de prendre conscience au sein des modèles de la Littérature et de la Philosophie gréco-romaines, et sans l'intervention de révélations divines, de se reconnaître Providence de soi-même.

Ainsi put être compris l'*ordre organique* et pressenti l'*ordre social*. La seconde Renaissance fructifia, parce qu'elle ouvrit à l'humanité l'ère des progrès conscients, par le concours de toutes les énergies, actives, spéculatives et affectives. »

Comme suite à cette exégèse nous ne saurions résis-

ter au plaisir de reproduire quelques vers significatifs
de l'exposition de *Méraugis* :

> Li rois, qui fu preus et loiaus,
> Et riche d'avoir et poissanz,
> Une fille avoit mult vaillanz :
> La damoiselle ot nom Lidoine
>
> . . . .
>
> Ele est plus fresche et plus vermeille
> El vis que la rose en esté.
>
> . . . .
>
> Clers comme argent èrent ses denz ;
> Quand la langue parlait dedenz,
> Li dent resembloient d'argent.
>
> . . . .
>
> Beles espaules et biaus bras
> Ot la pucele et blanches mains,
> Qui ne coroient mie du mains
> Pour doner, quand lieu en venoit
>
> . . . .
>
> L'en poïst environ lui prendre
> Toutes granz henors à plain poing,
> Et les puceles de mult loing,
> De Cornoaille et d'Engleterre,
> La venoient par mer requerre
> Por veoir et oïr parler ;
> Toz li mons i soloit aler
> A si cortois pelerinage ;
> Car la pucele estoit si sage.
>
> . . . .

Vient Méraugis de Porzlesguez
Desouz le pin où ele estoit,
Uns chevalier moult alosez.
Ensemble o lui i est venuz
Uns sien compains mult bien connus :
Gorvein Cadruz i fu o lui.
Chevalier furent ambedui
Li dui meilleur qu'on séust querre.

. . . .

Sous le pin vindrent ou chascuns
Esgardoit Lidoine à merveille ;
Car ce n'iert mie gieus de veille
De la grant biauté qu'ele avoit.
Et quant Gorveinz Cadruz la voit,
Si l'aima tant pour sa biauté
Que de toute sa loyauté
L'a maintenant de cœur amée.
Et après ce qu'il l'ot nomée,
Il dit errant com il la voit :

. . . .

« Ceste est là mielz fête de vis,
Qui onques fust fete à devise. »
Tant plus l'esgarde et plus l'avise
Et plus lui plest à aviser.

. . . .

Méraugis qui Gorveinz amot
De lui ravint que quant il ot
Un poi à la dame parlé ;
Or il n'ot pas V pas alé
Qu'il fust .C. tantz plus desvoiez,

13*

Et bien de ce certains soiez
D'amours que ses compaings n'estoit.

. . . .

Lidoine .I. petitet remaint
Après les autres ; s'en i ot
De tiex qui ne sonèrent mot
Et Meraugis s'en vet aprés ;
Entres les autres se tient prés
De la dame et ele de lui.
Mes qu'il vont parlant ambedui,
Si lui renforcent ses dolours
Por ce qu'il va chantant d'amours
Et plus et plus à chascun mot.

. . . .

A douce fontaine a béu.

. . . .

Gorveinz Cadruz isnele pas
Remonte et vers lui s'adresça ;
A l'encontrer lui demanda :
« Or me dites, compaings amis,
Avez véu com Diex a mis
Trestoutes biautés ensemble
Sus ceste pucele, qui semble
Qu'el doive mielz que riens valoir. »
— « De sa biauté ne puet chaloir,
Fet Meraugis, si n'est vaillanz. »

. . . .

Gorveinz Cadruz tot erraument
Respont : « Sire compaings por quoi ?
Il m'est avis, si com je croi,

S'ele est dyables par dedenz,
Ou guivre, ou fantosme ou serpenz,
Por la biauté qui est defors
Doit touz li mons amer son corps. »
— « Non doit ! » — « Si doit, ce m'est avis. »
. . . .

— « J'aim la dame que vous amez
Ainsi sanz faille, outreement
D'autre amour et tot autrement
Que vous ne l'amez . . . .

. . . .

Car je l'aim por sa courtoisie,
Por ses bons ditz, sans vileinie,
Por son dous non, por sa proesce.
Auxi, com vostre amour s'adresce
A amer sans plus sa biauté,
Vous di-je, sour ma loiauté
Que je l'aim por ce sans plus, voire
Que s'ele estoit brunete ou noire
Ou fauve, ... »

. . . .

Gorveinz respont : « Vous me gabez. »
— « Non faz. — . . . . »

. . . .

N'est-ce pas que toute cette présentation est admirable ?

Il faudrait, pour conclure, citer toutes les profondes dernières pages de la *Bible d'Amiens* de Ruskin et, à titre

de confrontation, le début de l'*Enfer* du Dante et plusieurs chants entiers du *Paradis* ; nous préférons ren-
voyer les curieux aux éditions qui les renseigneront
mieux que tout ce que nous pourrions choisir à leur
intention.

V

RENSEIGNEMENTS HISTORIQUES

———

Parmi les événements écoulés durant l'existence présumée de Raoul de Houdenc, c'est-à-dire de 1170 à 1226, il en est d'importants, dont les confins de Beauvaisis et du Vexin furent le théâtre. Pour l'explication de *Méraugis*, il n'est peut-être pas indifférent de les rapporter ici succinctement :

En 1148, Henri, fils du roi Louis-le-Gros, et destiné aux Ordres dès le jeune âge, quitte le couvent de Clairvaux pour venir occuper le siége épiscopal de Beauvais, et s'attire l'inimitié de son frère Louis-le-Jeune. Appelé à Rome, le prélat fit intervenir saint Bernard en sa faveur. L'entremise de Suger rétablit plus tard la bonne harmonie entre les deux frères.

Le royal évêque se brouilla ensuite avec les communiers de la ville, qui s'en virent débarrassés en 1160, par la nomination d'Henri à l'archevêché de Reims. Il devint le protecteur de Philippe de Dreux.

Symboliquement, l'héroïne de *Méraugis* pourrait représenter la ville de Gisors disputée par les rois de France et d'Angleterre.

En 1155, Mathilde, veuve de Hugues II de Gisors, Jean son fils et Ydoine sa fille confirment une donation, que Robert de Reilly avait faite à l'abbaye de Saint-Martin de Pontoise. Jean, fils de Hugues II, frère d'*Ydoine*, succède à son oncle Thibaut II dans le gouvernement de Gisors et de Neauphles.

En 1164, Henri II d'Angleterre s'empare par ruse de Gisors et du Vexin Normand, qui étaient en séquestre entre les mains des Templiers, en vertu d'un arrangement conclu en 1158.

A partir de 1164, Jean de Gisors cessa d'exercer les pouvoirs civils à Gisors.

Vers 1173, éclatent les premières hostilités entre la France et l'Angleterre, le roi Louis-le-Jeune ayant embrassé la cause des fils d'Henry II révoltés contre leur père à l'instigation d'Eléonore de Guyenne. En 1175, le belliqueux Philippe de Dreux devient évêque de Beauvais et part un peu plus tard, aux côtés de Philippe-Auguste, pour la Terre-Sainte, où il s'attire la haine de Richard Cœur-de-Lion.

En 1212, la Bretagne fut assignée à une sœur d'Arthur qui épousa Pierre de Dreux, arrière petit-fils de Louis le Gros et parent de Philippe.

Malheureux contre Richard, défait avec toutes ses

milices à Milly-sur-Thérain, enfermé à Château-Chinon par son vainqueur et n'ayant pu recouvrer sa liberté qu'avec beaucoup de peine, Philippe de Dreux devint le bras droit de Simon de Montfort dans sa croisade contre les Albigeois, et prit part à la bataille de Muret, où périt Pierre d'Aragon.

En 1212, il fit élever le château de Bresles sur les limites du comté de Clermont, et pratiquait de continuelles incursions sur les domaines de la Comtesse. Son parent Renault de Dammartin, comte de Boulogne, prit le parti de la chatelaine et vint ruiner la forteresse de Philippe. Celui-ci, à son tour, détruisit le château de La Neuville-en-Hez. Ayant voulu avoir en sa possession les clefs de la cité de Beauvais, celles-ci lui furent refusées par le maire et les *pers*. Philippe s'en plaignit au roi qui les lui fit donner. Un peu plus tard, il fut à Bouvines à la tête de ses communiers.

Miles de Nanteuil, qui se croisa avant de se faire consacrer évêque, lui succéda en 1217, date de la mort de Philippe.

Fait prisonnier le 4 Septembre 1219 par les Sarrazins, et amené à Babylone, dit la chronique, il ne se rachète qu'avec une forte rançon.

En 1223, il assiste au concile de Paris contre les Albigeois.

Elu patriarche de Constantinople mais repoussé par le pape, il prend part à la croisade de Louis VIII contre les Popelicans et assiste ce prince dans ses derniers moments. Sous son épiscopat s'établissent à Beauvais les Frères Prêcheurs.

En 1229 est instituée l'Inquisition.

Retournons en arrière :

Dès 1158, le Vexin avait été promis en dot à la jeune Marguerite, fille du roi de France, à l'occasion de ses fiançailles avec le prince Henri d'Angleterre. Il fut convenu, vu le jeune âge des deux époux, que la forteresse de Gisors serait confiée aux chevaliers du Temple. Mais Henri II fit, en 1161, célébrer le mariage à l'insu de Louis VII et, par suite de la trahison des Templiers, se mit en possession de Gisors, qu'il fortifia. Ayant été appréhendés plus tard par les Français, les Templiers expièrent de la pendaison leur mauvaise foi.

La tête du chevalier-templier, qui commandait la forteresse, fut coupée et attachée par un crampon de fer à un pieu planté devant la petite porte par laquelle il avait introduit les Anglais.

En 1169, Thomas Becket vint à Gisors ; en mémoire de ce voyage on lui consacra près de la grosse tour, après sa mort, une chapelle.

En 1174, 1175, 1176, entrevues à Gisors entre Louis VII et Henri II. On y traite du mariage d'Eléonore, fille d'Henri II, avec Alphonse VIII de Castille.

En 1180, 1182, 1183, entrevues nouvelles à Gisors

entre Henri II et Philippe-Auguste. Ce dernier réclame
la dot de sa sœur Marguerite, et les deux monarques ne
peuvent s'entendre. Marguerite épouse Bela, roi de
Bohême. Les deux rois finissent par convenir que la
dot de Marguerite sera transférée à Alix, fiancée à
Richard. Mais le mariage fut différé ; car Henri attendait, disait-on, la mort de la reine Eléonore, sa
femme, pour épouser Alix à la place de son fils.

En 1187, nouvelle entrevue et nouvelle remise du
mariage d'Alix et de Richard.

En Février 1188, parlement solennel à Gisors où
Guillaume, archevêque de Tyr et Henri, Cardinal d'Al-
bano, légat du pape, viennent raconter la détresse des
Lieux-Saints, à la suite de quoi la croisade est procla-
mée tout à la fois par les deux rois de France et d'Angleterre. Départ de Philippe et de Richard Cœur de
Lion, en 1190, pour la Palestine.

Philippe-Auguste, ayant appris qu'un traité secret
destinait Bérengère de Navarre à être l'épouse de
Richard, se montra très irrité ; car il pensait que le roi
d'Angleterre finirait par épouser sa sœur Alix. Une
entrevue eut lieu alors entre les deux princes ; Richard
s'y montra fort inconvenant et répudia sa promesse.
Il est possible que, de son côté, Philippe-Auguste ait
songé à s'adjuger lui-même Bérengère ou qu'il la dési-
rât. Cela peut avoir guidé Raoul de Houdenc dans la
composition de son *Méraugis*.

Un vénérable solitaire du nom de Joachim réunit les deux monarques, les adjura de se réconcilier et de s'unir loyalement pour la délivrance du Saint-Sépulcre, et les menaça en même temps du feu de l'Enfer. Ils y consentirent, non sans peine, et signèrent un arrangement par lequel il fut arrêté qu'Alix redeviendrait libre.

On sait le reste. Philippe-Auguste rentre en France en 1172 ; Richard demeure en Orient, puis s'embarque, fait naufrage et est retenu captif en Allemagne.

Racheté par sa mère, il rentre en Normandie et attaque aussitôt Philippe.

En 1196, il fait construire aux Andelys la forteresse du Château-Gaillard. Et les batailles autour de Gisors ne finissent plus.

Il paraît fort vraisemblable que la trame initiale du roman de *Méraugis* ait été empruntée aux divers événements, dont nous venons d'énumérer les principaux et qui signalent, vers cette époque, les alternatives de lutte et d'alliance entre les deux rois.

Richard Cœur-de-Lion mourut vers le 6 avril 1199, et Jean-sans-Terre prit possession de ses États.

En 1200, le mariage de Louis de France, fils de Philippe-Auguste, avec la belle et intelligente Blanche de Castille est célébré au village de Portmort, en Normandie, par l'archevêque de Bordeaux, à cause de l'interdit qui pesait alors sur la France. Elle était blanche de cœur comme de nom, disent les chroniques.

Elle était par sa mère petite-fille d'Eléonore de Guyenne.

(Renseignements tirés, pour la plupart, de l'*Histoire de Beauvais*, par Edouard de La Fontaine, et de l'*Histoire de Gisors*, par Hersan).

Autour de Philippe de Dreux, de Miles de Nanteuil, évêques-chevaliers, prélats beauvaisins, gravita, n'en doutons point, la doctrine de la Table-Ronde orthodoxe, innovée par Raoul de Houdenc.

Il y eut ainsi canalisation et dérivation de l'idéal celtique, qui est la fontaine de Jouvence de ce pays, vers l'Ile de France, par le Beauvaisis.

TABLE

TABLE

—

LA ROCHELLE, IMPRIMERIE NOUVELLE NOEL TEXIER ET FILS.